www.kakanien.eu

Erich Ledersberger, 1951 in Wien geboren.
Lebt in Innsbruck und Wien.

Veröffentlichungen
Maria fährt. Erzählung, BoD, 2021
Der aufgelöste Mann, Stück für einen Mann, BoD, 2020
Fünf. Sieben. Fünf. 34 Haikus, BoD, 2019
Als mein Ich verschwand, Kurzgeschichten, BoD, 2018
Ich bin so viele, Kurzgeschichten, BoD, 2014
Filzbuch 01, Satiren, entertainyoumedia, 2008
Schnitzel mit Beilage, Satiren, BoD, 2001
Wiener Brut, Satiren, rororo, 1986
Alles im Lot, Gedichte und Kurzgeschichten FF&LM, 1984
Ende der Salzstreuung, Gedichte, Eigenverlag, 1982

Erich Ledersberger

Kakanien

Band 1
Kolumnen 2000 - 2006
Die ersten sieben Jahre des 3. Jahrtausends

Bibliografische Information der Deutschen Nationalbibliothek:
Die Deutsche Nationalbibliothek verzeichnet diese Publikation in der
Deutschen Nationalbibliografie; detaillierte bibliografische Daten
sind im Internet über http://dnb.dnb.de abrufbar.

© 2023 Erich Ledersberger
Umschlaggestaltung und Layout: Klaudia Fuchs
Herstellung und Verlag: BoD – Books on Demand, Norderstedt
ISBN: 9783756890088

Prolog

Ende des vorigen Jahrtausends griff die Internet-Euphorie auch auf die Schulen über. Als Lehrer für Gegenstände wie ‚Wirtschaftsinformatik' und ‚Medieninformatik' musste ich mich mit der Gestaltung von Webseiten auseinandersetzen.

Fortbildungen gab es keine – ich lebe in Österreich – und so lernte ich im Mach-Es-Selber (DIY) Format, wie das funktionieren kann. Am besten, ich übte einmal, gemeinsam mit meiner ALF (AllerLiebstenFrau), mit einer eigenen Website. Mit einem Programm, das sich ‚Frontpage' nannte und für heutige Verhältnisse extrem kompliziert war, erstellten wir Seiten mit einem selbst kreierten Layout.

Ich gründete im Jahr 2000 die Seite ‚Kakanien'. Der Name stammt aus dem Roman ‚Der Mann ohne Eigenschaften' von Robert Musil und schien mir passend für das Unternehmen einer österreichischen Website.

Den Begriff Blogger gab es damals nicht, schließlich war es kompliziert, Texte und Bilder mit Frontpage ins Internet zu stellen.

Im Vergleich zu heute, da CMS-Systeme gratis sind, mit vielen Vorlagen und basierend auf Datenbanken, war das ein nahezu vorsintflutliches Arbeiten. Nach 20 Jahren und vielen Kolumnen, die teilweise in anderen Zeitschriften erschienen, riet mir mein Freund Edwin, ein Buch daraus zu machen.

Viel Vergnügen bei einem Rückblick auf die Jahre 2000 bis 2006. Sie werden überrascht sein, was Sie alles vergessen haben!

Ihr
Erich Ledersberger

2000

Die erste Kolumne
Kaiserkanzler für Kakanien

Der Klubobmann der PFK (Partei für Kakanien) hält an seinem Vorschlag für eine 4. Monarchie fest. In einem Interview bekräftigt er den Wunsch seiner Partei nach einem vom Volk auf 25 Jahre gewählten **Kaiserkanzler**. Der gewählte Kandidat darf aber nur für maximal zwei Amtsperioden gewählt werden, um keine Vetternwirtschaft eintreten zu lassen.

Der Kaiserkanzler hätte den Vorsitz über Bundesheer, Kirche, Regierung, National- und Bundesrat und wäre gleichzeitig Bürgermeister aller kakanischen Städte. Dadurch könnten mehrere Millionen gespart werden. Der Klubobmann werde, da keine andere Partei diesem revolutionären Vorschlag zustimmen wird, eine Volksabstimmung zum Thema Kaiserkanzler begehren.

16. August 2000

Am Anfang erschienen Land und Leute noch mit Phantasiebezeichnungen, die meisten Leserinnen und Leser in Österreich haben gewusst, wer in Wirklichkeit gemeint war.

9

Frau möglich!

Die Soziale Partei Kakanien sucht verzweifelt nach einem Menschen, der/die ihren Idealen gerecht werden könnte.

Aus den geheimen Unterlagen von McSeemsay, der weltberühmten Parteiberatungsagentur, geht hervor, dass diese Person sogar eine Frau sein könnte, wenn sie sich nur endlich melden würde!

Die SPK, bis vor kurzem noch an der Regierung und eine nimmer enden wollende Regierungszeit vor sich habende Partei, ist seit dem Schwenk ihrer damaligen Braut, der VPK (Volkspartei Kakanien) vollends depressiv.

„Wenn wir nur endlich das Parteiprogramm finden, das unser Vorsitzender bei einem Einkauf in der Toskana verloren hat, wäre schon alles besser", ließ ein bestens informierter Parteigenosse uns wissen.

Aber leider, leider:

Sowohl das Programm als auch der Vorsitzende sind derzeit unauffindbar.

Sollte eine/einer der Leserinnen/Leser einen Teil - egal welchen – gefunden haben, bitten wir um Nachricht!

PS: Die Parteizentrale der SPK in der Tigerstraße ist dankbar für jeden Hinweis!

30. August 2000

10

19 Experten!

Erfolge sind bisweilen nicht genug. Dieser politischen Realität muss seit einigen Tagen die ehemalige Sozialministerin Klara Krankl geknickt ins Auge schauen.

Sie, die bisher Ungeahntes leisten durfte, muss die Regierung verlassen!

Etliche Pressesprecher und -innen konnten mit dem Tempo ihrer Gedanken nicht mithalten und schieden im Wochenrhythmus aus dem Dienst. Das konnte auch die für ihre Ruhe und wohlüberlegten Worte bekannte Vizekanzlerin Dr. Immergut nicht übersehen. Sie setzte daher den bisherigen Austauschspieler Mag. Kopferl als neuen Minister für Frauen und andere Kleinigkeiten ein.

Die Opposition heulte, wie bei solchen Anlässen üblich, auf und rief nach einer Frau.

Ein brutaler Anschlag auf das Gleichbehandlungsgesetz, das klar festlegt, dass nur im Falle eines Männermangels eine Frau für Frauenangelegenheiten angelobt werden darf. Der Gesetzgeber wollte auf diese Weise verhindern, dass es zu einer Bevorzugung des eigenen Geschlechts käme.

In diesem Sinne: Gratulation, Herr Dr. Kopferl! Sie sind unsere Frau!

Vernünftige Lösungen setzen sich immer durch, sagte unser Innenminister, Dr. Wegerl, vor einer Woche.

11

Und so geschah es! Nach intensiven Beratungen einigte sich die Koalition darauf, schon im Jahre 2001 19 EDV-Experten aus Indien die Einreise nach Kakanien zu gestatten.

Die Kammer für Ökonomie, die ursprünglich 10.000 Experten gefordert hatte, zeigte sich mit diesem Kompromiss höchst zufrieden. Damit sei ein Technologieschub ungeahnten Ausmaßes möglich. Derzeit gebe es schon einen Inder, der nach Kakanien ausreisen will, leider ist er Textilarbeiter. Dieses Problem werde man aber in Indien sicherlich in den Griff kriegen, versicherte der Sprecher der Kammer.

Um einer drohenden Überfremdung zu entgehen, werden beim Eintreffen der EDV-Experten umgehend doppelt so viele Kinder in ihre Heimat zurück transferiert.

Doppelt so viele deshalb, weil Erwachsene aufgrund ihrer Masse eben doppelt so viel Raum benötigen. Das sei mit allen Landesgouverneuren bereits fix abgesprochen.

25. Oktober 2000

12

Boykott beendet!

Ein Aufatmen geht durch Europa! Seit die kakanische Regierung unter ihrem Kanzler Dr. Wolfram Tässchen-Körberli gestern um 19 Uhr ihren Boykott gegen die EU aussetzte, jubelt die Welt: Endlich Friede!

Erinnern wir uns: Vor etwa 223 Tagen stand die zivilisierte Welt am Rande einer Situation, die unweigerlich an die Kubakrise erinnerte. Die Differenzen zwischen dem standhaft demokratischen Kakanien und einer außer Rand und Band geratenen EU steuerte auf einen Krieg der Giganten zu.

Kakanien, selbstbewusst wie stets, reagierte nicht mit Waffen, sondern mit Taten: Von Stund an schüttelte keine Kakanierin, kein Kakanier mehr einem ausländischen Politiker die Hand! Mehr noch: Man verweigerte sogar ein gemeinsames Foto!

Damit hatte die EU nicht gerechnet. Ein Foto ohne die kakanische Ministerin für auswärtige, also EU-Verhältnisse, Hofrätin Melitta Ferrari-Waldheimat, war wie ein Fahrrad ohne Fisch! Niemand, nicht einmal Buster Keaton, lächelte so gnadenlos wie sie in die Kamera. Das war ein erster, gezielter Schlag gegen die EU.

Als später der Gouverneur einer kakanischen Provinz nachwies, dass niemand außer ihm demokratisch sein konnte, blieb der EU faktisch keine Wahl, sie musste ihre

13

Niederlage zugeben! Dennoch dauerte es noch etliche Stunden, bis Europa Kakanien um Entschuldigung bat und dadurch den Weg freigab für ein friedliches Ende des Konfliktes.

Kanzler Tässchen-Körberli, der in die Geschichtsbücher als ‚der Standhafte' eingehen wird, ermahnte alle KakanierInnen, diesen Tag nicht triumphierend, sondern würdevoll zu begehen!

Die Opposition forderte die Regierung auf, nicht sofort auf das Friedensangebot einzugehen, sonst müsste man allmählich die tatsächlichen Probleme des Landes diskutieren.

Die Regierung lehnte dieses Angebot ab, schließlich seien die USA noch immer gegen unser Land eingestellt, ein weiterer Sieg also unausweichlich!

13. September 2000

Sparen ist toll!

Nachdem unsere Regierung beschloss, die Steuer der Wirtschaftslage anzupassen, ging ein Aufatmen durch das Land! Endlich wird durchgegriffen!

Der kleine Mann von der Straße – er misst etwa 1 Meter 50 – wollte anonym bleiben und sagte unserem Reporter unter zwei Augen (er trug einen Damenstrumpf über das Gesicht):

„Mir bleibt zwar jetzt noch weniger Geld als früher, aber dafür bin ich stolz auf meine Nation."

Noch vor einem Jahr hätte dieser Mann nicht einmal gewusst, dass wir eine Nation sind!

Das sind Erfolge der neuen Regierung, die einfach Mut machen! Mut zu neuen Einsparungen und neuen Anpassungen.

In diesem Licht ist auch die Einführung des SB (= Schülerbeitrag) zum Null-Defizit zu sehen.

Ab dem Eintritt in die Nationalschule (früher: Volksschule) zahlen die Eltern einen Bildungsbeitrag.

Er ist für alle Eltern gleich, damit Gleichheit vor der Bildung herrscht, im doppelten Sinn des Satzes. Damit soll auch eine geringfügige Erhöhung der Schülerzahlen einhergehen.

Wir wollen nicht verschweigen, dass es einige Unverbesserliche gibt, die glauben, mit Streiks etwas zu errei-

15

chen. Erst gestern verhalfen sogenannte Professoren SchülerInnen zu einem weiteren freien Tag, indem sie nicht unterrichteten.

Ministerin Sissy Ehrlich brachte es auf den Punkt: „Diese Menschen schaden dem Ansehen der Lehrerschaft."

Dem ist nichts hinzuzufügen!

6. Dezember 2000

16

2001

Definitiv!

Ein Mensch, der auf sich hält, beendet mindestens jeden dritten Satz mit diesem Wort der Worte.

Und zwar definitiv!

Darin zeigt sich gesellschaftlich der Wechsel vom ‚emotionalen Zeitalter' – damals hieß das Wort des Jahres ‚Super' – hin zum Zeitalter der neuen Rationalität. Das ist definitiv so. Individuell handelt es sich um Entschlossenheit ohne Nachdenken.

Das Motto der neuen Erfolgsgeneration heißt nicht Milch, sondern definitiver Wille à la Nietzsche, was immer das heißen mag.

Und deshalb machen wir heute definitiv keinen Rückblick auf das Jahr 2000, das uns so wunderbare Ereignisse brachte wie die Neue Kakanien Zeitung, aber auch so schreckliche wie den Verlust der EU-Sanktionen.

Happy New Year!

31. Jänner 2001

Sensation! Kein Kind von Boris!

Vor kurzem erst gestand die berühmte Rapperin Setlur, dass sie – entgegen allen Erwartungen – von Boris Becker doch kein Kind bekommt.

„Vielleicht war der Grund, dass wir nicht miteinander ins Bett gegangen sind, aber bei Maria war das ja auch nicht nötig", meinte die Künstlerin exklusiv zur NKZ.

Nun aber zur noch größeren Sensation der Woche:

Ulrich Mann, Herausgeber des NKZ-Editorials, gab auf einer Pressekonferenz unumwunden zu, ebenfalls kein Kind von Boris Becker zu bekommen!

Tja, die Welt ist voller Wunder!

13. Februar 2001

20

Herrenministerium endlich gegründet!

Der kakanische Frauenministerin Herr Mag. Kopferl hat gezeigt, was in ihr steckt: ein echter Mann! Gestern gründete er in einer Geheimaktion das erste Ministerium für den echten Mann, kurz BdM (Bund der Männer) genannt.

Seit Generationen ist bekannt, dass Männer selten gelobt und weit häufiger gemobbt werden. Dass sie sexuell wegen ihrer Attraktivität oft belästigt werden, dass sie schwer unter der Doppelbelastung, Mann und Mensch zugleich sein zu müssen, leiden, ist auch kein Geheimnis.

Kein Wunder, dass unter diesen Umständen die Lebenserwartung der Männer gering ausfällt!

Alice Schwarzer, die ab morgen ihren Posten als Herrenminister antritt, teilte uns exklusiv ihre wichtigsten Pläne mit:

„Im Laufe der letzten Jahre ist der kleine Unterschied zwischen den Geschlechtern so klein geworden, dass viele Frauen ihn doch lieber wieder etwas größer haben wollen. Diesem physischen und psychischen Problem werde ich mich zuallererst widmen!"

28. Februar 2001

21

Jodlerin in Hose legal!

Liebe Leserinnen und Leser!

Von vielen Menschen wird die NKZ (Neue Kakanien Zeitung) als Satire verstanden. Das ist falsch! Satire darf zwar alles (Kurt Tucholsky), kann aber nicht alles. Wie sollen in Zeiten wie diesen „Vorgänge, auch Persönlichkeiten kritisiert und/oder der Lächerlichkeit preisgegeben werden"? Zum Beweis eine Nachricht aus der Schweiz.

„Die Delegierten des Schweizerischen Jodlerverbandes stimmten an ihrer gestrigen Delegiertenversammlung in Dietikon ZH praktisch einstimmig einem Antrag zu, der Frauen das Fahnenschwingen ermöglicht."

Diese revolutionäre Meldung erschütterte vor kurzem die Schweiz. Die progressive weibliche Jugend aber jubilierte, besser gesagt: jodelte. Sie darf endlich das tun, was alle männlichen Schweizer Jodler immer schon durften: Fahnen schwingen! Nicht genug damit: Die weiblichen Fahnenschwinger dürfen sogar in Hosen (!!!) ihrem Vergnügen nachgehen. Für die nächste Generalversammlung ist ein weiterer Schritt nach vorne geplant: Erstmals werden Männer in Frauenkleidern jodeln und Fahnen schwingen dürfen!

14. März 2001

22

Unser Vorbild sind Ameisen

Dr. Pecherl, von der Regierung eingesetzter Experte für den Ruhestand, hat ein Konzept für unsere Pensionen erarbeitet, das mit sensationellen Folgerungen aufwartet:

Die „Kommission für die Entwicklung von Vorschlägen für den Ruhestand", kurz KOFÜDEVOVOFÜRDERU genannt, sah sich in der Natur um und fand ein natürliches Mittel gegen den Geldmangel.

Unter dem Motto „Ja, natürlich" sieht der Plan vor, dass alle Menschen nicht Brüder, sondern Ameisen werden! Diese putzigen Tierchen haben gar keinen Pensionsanspruch, arbeiten den ganzen Tag und schlafen kaum.

„Ja, natürlich, das ist die grundlegende Idee", sagte Kanzler Dr. Tässchen-Körberli in einer ersten Stellungnahme seit vielen Wochen. Unterstützung fand er bei der IVK und dem Finanzminister, Mag. Schönklug.

„Selbst die Natur fördert auf diese Weise das Nullbudget", so der Minister in einer ersten Reaktion.

Die Gewerkschaft sagt wie immer ‚njet' und zeigt wieder, dass sie sogar die besten Reformen ablehnt.

„Die Gewerkschaft ist eben noch immer die alte Bolschewisten- und Bonzenpartie" stellte Ing. Kojak von der PKF gewohnt sachlich fest.

22. Mai 2001

23

Neue Slogans

Die EU kämpft in den letzten Wochen mit einem ihrer größten Probleme, nämlich Österreich.

Vor dem Beitritt des kleinen Alpenlandes hielten viele die EU für bürokratisch. Nun wird die EU von einem ihrer Mitglieder übertroffen.

Nachdem Österreich gegen zu viele LKW protestierte, stellten Italien und Deutschland fest, dass die österreichische Behörde falsch gezählt habe. Sie zog Ökopunkte auch für Fahrten mit der Eisenbahn ab, obwohl doch gerade die gefördert werden sollen.

Die Frau Ministerin entgegnete darauf in der ZiB (26. Juli 2001):

„Das haben wir immer so gemacht."

Gegen so viel Sachverstand und scharfe Argumentation wusste sogar die EU-Kommission nichts zu sagen.

***

Sehr beeindruckend auch der Eiertanz der ÖVP-Frauen Ferrero und Rauch – beide mit Bindestrich und allem, was das Adelsherz begehrt – über den Einsatz bzw. Nicht-Einsatz der Regierung für die Häftlinge in Genua.

In der ZiB 3 vom 31. Juli führten die beiden Damen exzellent vor, was es heißt, viel zu reden und nichts zu sagen.

Wer diese Sendung gesehen hat, der weiß, warum Alice Schwarzer nicht mehr ausschließlich gegen Männer ist.

***

Der Salzburger Weihbischof Andreas Laun ist der Ansicht, dass Homosexuelle „eine um 20 bis 30 Jahre kürzere Lebenserwartung" haben.

Dies würden Studien beweisen, so Laun in einer Ausgabe von ,News'. (Kurier Online, 26. Juli 2001)

Das ergibt sich aus den vielen ,Schwulenkrankheiten', wie der Bischof etwa AIDS nennt, nahezu logisch.

Dagegen die Lebenserwartung von Bischöfen! Einfach toll, man denke nur an Kardinal Groer!

31. Juli 2001

Regierungen verwirklichen Satire

Liebe Leserinnen und Leser!

Alles hat bekanntlich ein Ende, abgesehen von der Wurst und dem Fußball. In diesem Sinne möchte sich die gesamte Redaktion von Ihnen, liebe treue Leserin, lieber treuer Leser, verabschieden.

Im Jahre EINS von Kakanien – die erste Nummer der NKZ wurde am 16. August 2000 gleichzeitig mit der Staatsgründung verkauft – wurde dieses Land laut Webalizer mehr als 10.000 (in Worten: ZEHNTAUSEND) Mal besucht. Wir RedakteurInnen freuen uns, denn ehrlich gesagt, die Bezahlung war unterm Hund!

Auch das noch!

Das schlägt dem Fass den Boden ins Gesicht. Nach neuesten Erkenntnissen der Kapo (Kakanien Polizei) versteckt sich hinter den Aktivisten der ‚Erfolxkaravane' die gesamte kakanische Regierung!

Wie nicht berichtet, wurde diese Theatergruppe in Genua verhaftet, weil sie mit Gummibärchen auf ratlose italienische Polizisten gefeuert hat. Diese setzten zur Verteidigung leichte MG's ein und schossen nicht länger als 3 bis 20 Minuten auf die Anarchisten. Zum Glück wurde niemand verletzt, die Polizisten werden derzeit von Psychologen betreut.

26

Die sogenannten ‚Schauspieler‘ wurden in U-Haft genommen und ein wenig körperlich verhört. Da im Ausland kein Mensch die kakanischen Politiker kennt und in der Heimat niemand sie vermisste, dachte natürlich niemand daran, sich um die Erfolxkaravane zu kümmern.

Durch ein Versehen – die kakanische Ministerin für Draußen redete so lange auf die Wärter ein, bis diese entnervt die Gefängnistore öffneten – gelangte unsere Regierung wieder zu uns. Kanzler Dr. Tässchen-Körberli zog sich sofort ins Kloster zurück, um nachzudenken, die restliche Regierung sagte viel Verschiedenes, um nicht in den Verdacht von Einheitlichkeit zu gelangen. Einig waren sich alle, dass sie durch das Auftreten als Erfolxkaravane zeigen wollten, dass auch die kakanische Regierung gerne Spaß hat und dem Volk damit mitteilt, dass sie auch lustig ist. Das aber ist dem Volk schon lange bekannt!

***

So sollte das erste und letzte Jahr der NKZ abgeschlossen werden. Und dann kam der 11. September 2001 und brachte der Welt einen Massenmord, der sie mehr verändern wird, als wir uns das jetzt auch nur annähernd vorstellen können.

Die Scharfmacher, Alleswisser und Zubomber sind schon unterwegs, um die Gewaltspirale weiter in die Höhe zu treiben.

23. August 2001

27

6-jähriger Bub als Präsident?

Die Reaktion des amerikanischen Präsidenten, sagte der Friedensforscher Galtung, gleicht der eines 6-jährigen Jungen.

Er redet von Rache und Vergeltung und vergisst dabei, dass die USA **als Staat** in den letzten Jahren immer wieder in fremde Staaten eindrangen.

Die Irrtümer der USA waren für viele, auch Zivilisten, tödlich.

Einmal trafen amerikanische Bomben die chinesische Botschaft, weil der Geheimdienst die Adressen verwechselt hatte.

Einmal traf es statt eines Terroristenlagers eine medizinische Fabrik.

Das ändert nichts an der Brutalität der Mörder, die als lebende Bomben New York angriffen - aber es kann einiges erklären.

Einfache Lösung

Wie verzweifelt müssen Menschen sein – ich meine die ausführenden, nicht die Drahtzieher, die ja kaum ein Risiko eingehen – , wenn sie bereit sind, sich und andere zu töten?

In welchem Elend leben sie, um daran zu glauben, dass ihnen im Jenseits das Paradies geschenkt wird?

28

Denn es ist ja Unsinn anzunehmen, diese Menschen seien bloß verrückt, als käme der Wahnsinn ohne Grund und ohne Ursache daher. Wer das annimmt, steht den islamischen Fundamentalisten so nahe, dass er/sie von ihnen nicht zu unterscheiden ist.

Ich weiß nicht, wie viele Kinder jede Sekunde an Hunger sterben, aber in einem Tag sind es wohl mindestens so viele wie in New York starben. Und für die hungernden Kinder gibt es keinen Tag Pause vom Sterben.

Das ist keine Aufrechnung der Toten, das ist ein Versuch, die Ursachen zu klären.

Ich habe selten so häufig das Wort ‚zivilisiert' gehört wie in den letzten Stunden. Und immer war jene Welt damit gemeint, in der keine Kinder verhungern.

(In Klammer sei angemerkt, dass die Vergewaltigung von Kindern auf Videofilmen in der „zivilisierten" Welt nicht nur vorkommt, sondern bereits ein eigener Wirtschaftszweig ist!)

Aber es ist jene Welt, die dem Sterben ganz ‚zivilisiert' zusieht.

Es ist jene Welt, die von AIDS-Kranken in Afrika für Medikamente bares Geld will, wissend, dass diese Menschen es nicht haben. Diese Welt, in Form der Pharmakonzerne, prozessierte ‚zivilisiert' gegen einen Staat, nämlich Südafrika, weil dieser AIDS-Medikamente billiger einkaufte.

Es ist jene Welt, die ihre Abgase auf die andere Welt sinken lässt, damit Autos fahren können, während ihr Sondermüll an den Küsten Afrikas entsorgt wird.

Es ist jene Welt, in der Unternehmen ihr Milchpulver in der 3. Welt weiter bewerben und verkaufen, obwohl die Weltgesundheitsbehörde das verboten hat, weil Milchpulver die Kinder nicht gesund macht, sondern krank.

Würde diese ‚zivilisierte Welt' ihren Reichtum mit der anderen, der armen, der ‚unzivilisierten' teilen, gäbe es vielleicht noch ein paar tatsächlich Verrückte, die Bomben werfen wollen. Aber es gäbe nicht diese Unmenge an potentiellen Selbstmördern, die für materielle und immaterielle Unterstützung bereit sind, zu morden.

Armut macht krank.

Und gleichgültig gegenüber dem Leben, auch dem eigenen.

Realistischerweise wird die zivilisierte Welt nicht mit der anderen teilen, daher ist die einfache Lösung leider die unmögliche Lösung.

Keine Lösung

Gefährlich und wahrscheinlich ist, dass die Emotionen und das kranke Volksempfinden siegen werden.

Das Feindbild haben die Medien bereits erschaffen. Es handelt sich nicht um den Hunger in der Welt, sondern

30

um dunkle Araber, die keine Kultur haben, sondern bloß aufs grundlose Morden aus sind.

Über 90 Prozent der AmerikanerInnen sind laut einer Umfrage dafür, den Feind anzugreifen, auch wenn ihn keiner kennt.

Präsident Bush braucht angeblich einen Erfolg, damit seine Imagewerte sich verbessern. Ein Krieg ist dafür gut geeignet, schon Bush senior steigerte seine anlässlich des Golfkrieges.

Im ORF schwadronierte ein echter Österreicher tapfer, dass mit ‚diesen Menschen' nicht zu reden ist und es nur eine Möglichkeit gibt: Du oder ich. (Satirische Anmerkung: also doch zwei Möglichkeiten!)

Darum müsse man militärisch angreifen.

Darauf angesprochen, dass es weder einen Staat gebe, der angegriffen habe, noch ein Völkerrecht, das ein solches Vorgehen rechtfertigte, antwortete der ‚zivilisierte' Mann, dass in diesem Fall das Völkerrecht eben nicht gilt. Man stelle sich diesen Kerl als amerikanischen Präsidenten vor und plötzlich weiß man, wie seriös Bush bzw. seine Berater sind. Immerhin wird noch nicht der gesamte Islam zum Abschuss freigegeben, mehr noch: Bush senior weist darauf hin, dass Terroristen nicht mit dem Islam verwechselt werden dürfen.

Dennoch: Bei CNN schreien amerikanische Jünglinge nach Waffen, um die Feinde zu killen. Wer ihnen einen

Feind nennt, kann davon ausgehen, dass dieser von den ‚zivilisierten' Jünglingen getötet wird.

Disneyworld hat übrigens seinen Betrieb nicht geschlossen. Es darf dort weiter gefeiert werden.

Es lebe die Fun-Gesellschaft!

Tod der Vernunft?

Das Böse besiegen

Präsident Bush will das Böse besiegen und ist überzeugt, das in seiner Amtsperiode zu schaffen.

Ein schöner Kindertraum.

Denn auch islamische Fundamentalisten träumen. Mit nur einem kleinen Unterschied: Sie wittern das Reich des Bösen in den USA.

Diese kleine Differenz ist vernachlässigbar, wenn man davon absieht, dass in dem einen Fall die Amerikaner umgebracht werden müssen, im anderen Fall die Araber.

Die Gemeinsamkeit von beiden Positionen ist, dass sie ein Handeln jenseits von Vernunft, Sachlichkeit und Menschlichkeit einfordern.

Dass das Böse ‚immer und überall ist', wissen wir spätestens seit einem Lied der Ersten Allgemeinen Verunsicherung. Im Text war das damals ironisch gemeint, in den Erklärungen des amerikanischen Präsidenten weht aber nicht der geringste Hauch von Ironie.

Glücklicherweise sind bisher Handlungen unterblieben, die das ‚Böse' schlechthin ausradieren sollen. Das kann nämlich nicht gelingen, solange man ‚das Böse' nicht genau kennt, definiert und unter Umständen akzeptiert, dass unsere sogenannte ‚Zivilisation' an genau diesem ‚Bösen' zumindest beteiligt ist.

„Die Frucht der Gerechtigkeit wird der Frieden sein", sagte der deutsche Bundespräsident Johannes Rau am 14. September 2001 vor dem Brandenburger Tor. Dort fand eine Kundgebung mit 200.000 Menschen statt, die ihre Solidarität mit dem amerikanischen Volk und für eine Welt ohne Terror demonstrierten.

Und mit diesem Satz hat der deutsche Präsident eine der wichtigsten Ursachen für, nennen wir es der Einfachheit halber so, ‚das Böse' benannt.

Der Faschismus sucht seine HelferInnen bei den arbeitslosen Jugendlichen, der internationale Terror bei denen, die keine Zukunft mehr haben und daher bereit sind, ihr Leben wegzuwerfen.

Bei jenen, die nichts zu verlieren haben.

Und solange es sie gibt, wird der Terror, ‚das Böse', nicht zu besiegen sein.

Vielleicht ist der Terrorangriff auf New York der Anlass, innezuhalten und sich bewusst zu machen, was die Werte von Demokratie, Menschenrechten, Gleichberechtigung bedeuten – und dass diese Werte über denen von Gewinnen und Wirtschaftswachstum stehen.

Vielleicht ist der Augenblick gekommen, statt Rassismus, Fremdenfeindlichkeit und Ideologien über Humanismus, Nächstenliebe und Solidarität nachzudenken.

Vielleicht ist es Zeit, einen Traum von einer menschengerechten Welt nicht nur zu träumen, sondern zu verwirklichen.

Martin Luther wurde erschossen, weil er diesen Traum öffentlich träumte.

Wenn wir ihn nicht bald verwirklichen, werden wir einen Albtraum erleben.

23. September 2001

34

Vom Glücklichsein

Stellen Sie sich vor, Sie haben mit einem Schlag, mit einer Entscheidung keinen Stress mehr, keine Hast, keine Eile. Stellen Sie sich vor, Sie haben Zeit ein Buch zu lesen, mit Ihren Freunden oder gar mit Ihren Kindern zu reden über deren Sorgen, deren Leben. Stellen Sie sich vor, Sie können innehalten, nachdenken über die Welt und sich. Sie machen das, ohne Geld auszugeben für ein Seminar à la „Time-Management – wie organisiere ich die 48 Stunden eines normalen Tages" oder ähnlichen Unsinn. Sie haben mit einer winzigen Entscheidung ihr Leben selbst in die Hand genommen. Das Rezept ist, falls Sie ComputerbesitzerIn sind, ganz einfach. Aber der Reihe nach.

Gestern kaufte ich mir einen CD-Brenner, weil ich meine Daten sichern wollte. Meine Tagebücher, meine Buchhaltung, meine Gedichte, meine Adressen und eben alles, was der moderne EDV-Mensch so braucht fürs Leben. Der Verkäufer versicherte mir, dass alles ganz einfach sei. Um es kurz zu machen: Nachdem ich alles vorschriftsmäßig installiert hatte, funktionierte gar nichts mehr.

Einen langen Nachmittag lang hatte ich das Gehäuse des Computers geöffnet, Kabel von da nach dort und von dort nach da verlegt, gesteckt, mich in ihnen verheddert wie einstens Laokoon in den Schlangen. Telefonisch eingeholte Ratschläge führten mich immer tiefer hinunter in den Hades von Microsoft und Konsorten. Dateien wurden vernichtet wie in den besten griechischen Tragödien Mütter und Väter, Steine rollten auf mich, jeder einzelne schwerer als der von Sisyphos auf den Berg geschobene. Wieviele E-Mails erreichten mich wohl gerade ohne Chance auf Antwort, während meine Finger sich wund rieben an scharfen Kanten des Computergehäuses!

Ich lege Kabel A an die Schnittstelle B und C auf D. 2 hoch 4 Möglichkeiten gibt es, dazwischen starte ich den Computer, um immer wieder eine neue Fehlermeldung zu bekommen. Ihr Wortlaut entstammt der Phantasie eines nimmermüden Poeten der binären Zahlen, rätselhaft wie die Sphinx, bloß gibt es keine Lösung.

Nach sechs Stunden bin ich dem Wahnsinn nahe, der bekanntlich an der Grenze zur Wahrheit wohnt. Gleich einem Phönix aus der Asche kam der erlösende Gedanke:

Weg damit! Was immer auf dieser verdammten Festplatte ist, ich will es nicht mehr wissen. Ich will mich weder Bill Gates noch Linux unterwerfen, weder Adobe noch Macromedia und wie sie alle heißen, diese Sirenen der Moderne. Seither ist das Leben wieder lebenswert.

Was sagen Sie? Womit ich den Text geschrieben habe?

Mit dem Notebook, ehrlich gesagt. Einen kleinen Ausweg muss man sich immer frei halten. Für Note-Fälle.

8. Oktober 2001

36

Was ziehe ich morgen an?

Seit ich die Wochenzeitung namens ‚Profil' nicht mehr lese, erweitert sich mein Horizont täglich. Zum Beispiel bei der Lektüre der Süddeutschen Zeitung. Dort wurde vor kurzem das Bekleidungsproblem des neuen Jahrtausends behandelt.

Früher, als die männliche Welt noch in Ordnung war, konnte man sich darauf verlassen, dass die Kleidungsstücke von liebender weiblicher Hand vorbereitet wurden. Des Morgens schlüpfte man in die passenden Kleidungsstücke, Krawatte passte zu Hemd, dieses zur Hose und alles zusammen zu Schuh und Mantel.

Dann kamen die unruhigen Jahrzehnte des 20. Jahrhunderts, wo Hippies am Bankschalter standen, Lehrerinnen und Lehrer mit bunt gefärbten Haaren die Kinder in Kuschelecken unterrichteten, Krawatten im Müll landeten und niemand mehr wusste, was er/sie morgen anziehen sollte.

Damit ist nun Schluss!

‚Die Rückkehr der dunklen Anzüge' (Zitat SZ) ist angesagt. Sie verleihen Sicherheit in unsicheren Zeiten, sie sind ‚die Rüstung des Mannes', wie der Modeschöpfer Tommy Hilfiger so schön sagt.

„Was hat die Krawatte mit guter Arbeit zu tun?" fragt zwar Ulrich Rohde vom Bildungswerk der Bayrischen

37

Wirtschaft, aber damit bleibt er ein einsamer Rufer in der Wüste der T-Shirt-Trägerinnen und Träger.

Die Welt versinkt im Chaos, da soll wenigstens die Kleidung eine Ordnung haben! Und deshalb ziehe ich wie immer meinen Smoking an und gehe ins Büro. Ein echter Ritter der Arbeitsrunde auf dem Weg in die tägliche Schlacht!

22. Oktober 2001

2002

Wir Jungsenioren oder: Die Leiden des alten M.

In der Weltwoche, einer jener klugen Wochenzeitungen, die Österreich nicht hat, war neulich ein Artikel über die Leiden des alten M. zu lesen. M. steht für Mann, und der hat es bekanntlich schwer. Vor allem, wenn er über 50 ist.

„In der Ramschschublade liegen siebzig Dinge, und an dreißig erinnere ich mich nicht." So der Schauspieler Streck, der auch an seinem Alter leidet. Wobei die Frage ist, ob das Vergessen nicht die Wohltat des Alterns ist.

Mir tut es allerdings gut, endlich in die Schlagzeilen der Medien zu gelangen, selbst wenn das Mitgefühl der Autorin schon Richtung Mitleid schlägt – und das haben wir Alten gar nicht gern. Außerdem keimt in mir der Verdacht, dass die Ursache für den Artikel die Tatsache ist, dass wir immer mehr werden und also eine interessante Zielgruppe für Marketing sind. Die Wirklichkeit ist ja eine andere.

„Ehrwürdiger Greis", so begann die Lobrede auf Immanuel Kant zu dessen 50. Geburtstag und irgendwie hat sich dieser Ausdruck in mein Gehirn eingebrannt, darüber hilft auch der forever junge Struntz nicht hinweg. Würde ich mich nämlich um eine Stelle bewerben, ich fürchte, die Personalchefs würden mich ebenfalls als

41

Greis und nicht als hoffnungsvollen Jungsenior bezeichnen.

Letzterer Ausdruck stammt von einem Tourismusbetrieb. Eine wunderbare Wortschöpfung, die mir immerhin eine Woche lang das Gefühl vermittelte, wieder relativ jung zu sein.

7. Juli 2002

Schönen Tag noch!

Das Leben wird immer freundlicher. Erinnern Sie sich noch an die Zeiten, als bei Telefonaten mit Versicherungen, Banken, Ämtern, Auskunftstellen minutenlang das Besetztzeichen erklang?

Heute gibt es vom Donauwalzer über Mozarts ‚Kleine Nachtmusik‘ alles, was beruhigt und einschläfert. Nach einigen Takten folgt die erotische Stimme von irgendeinem Erika-Pluhar-Verschnitt und stöhnt alle 30 Sekunden, dass sie sich über meinen Anruf freut. Alles zum Beinahe-Null-Tarif, und das stundenlang!

Wenn ich dann dennoch im Call-Center lande, haucht mir schon wieder jemand ins Ohr, wie sehr es ihn oder sie freut, mich zu hören. Natürlich bekomme ich keine Antwort auf meine Frage, aber was macht das schon. Hauptsache, man wünscht mir ‚noch einen schönen Tag‘. Sogar der Polizist sagte neulich, nachdem er mir das Strafmandat ausgehändigt hatte: „Und noch einen schönen Tag.“

Nur ein Misanthrop wie mein Freund Sepp kann da unfreundlich sein:

„Mir graust schon vor dieser permanenten Freundlichkeit. Die wollen alle bloß mein Geld.“

Mag sein, Hauptsache sie machen es nett. Dann bin ich zufrieden.

Außerdem wird das Leben nicht nur immer freundlicher, sondern auch komfortabler, sogar das Geschirrspülen. Früher musste ich zum Beispiel mühsam die Öffnung des Geschirrspülmittels eindrücken, heute habe ich eine ‚Komfort-Dosierklappe‘. Ich brauche bloß noch zu drücken und sie herauszuziehen.

Gut, das war früher auch nicht viel anders, aber jetzt steht Schwarz auf Weiß ‚komfortabel‘ drauf, also wird es schon so sein.

In diesem Sinn, noch einen schönen Tag
Ihr/euer
Erich Ledersberger (der die nächsten vier Wochen Urlaub macht in einem Ort, wo alle angeblich noch viel freundlicher sind als hier, was ich mir gar nicht vorstellen kann)

14. Juli 2002

Alles Fotos!

Das Schlimmste am Urlaub sind die Fotos! Beim Betrachten wird nicht nur klar, dass die geruhsamen Tage vorbei sind, sondern es stellt sich vehement das Archivierungsproblem und die Frage, wer das Ganze je betrachten soll.

In der alten Zeit, die bekanntlich immer gut war, kosteten die Filme noch so viel, dass der Finger am Abzug zögerte. Man überlegte, ob das Motiv passte, dachte für einige Sekunden ein wenig nach, ob sich das Bild lohnt. In der digitalisierten Welt entfällt dieser Denkprozess. Speicherplatz ist billig und auf einer digitalen Speicherkarte ist Platz für einige hundert Fotos. Diese werden auf den Computer gespeichert und/oder auf CD.

Eine CD wiederum bietet Platz für etwa 1.200 Fotos und wird im Fotohandel um 1 € angeboten. Dort gibt es auch kleine Täschchen, in die zwischen 25 und 50 CDs passen und schon hat der moderne Mensch die Möglichkeit, beim nächsten Besuch schnell mal 60.000 Fotos mitzubringen. Das werden gemütliche Abende, dagegen ist der alte Diavortrag ein echter Actionknüller.

Zusätzlich bieten diverse Provider die Möglichkeit, gratis Fotos ins weite www-Land zu stellen, damit man auch in Timbuktu sehen kann, wie Greti und Pleti, Hinz und Kunz unscharf vorm Eifelturm stehen und breit in die Kamera grinsen. Damit nicht genug, können Fotos end-

lich von Handy zu Handy übertragen werden, ein Fortschritt, wie ihn sich größer und bedeutsamer kein Frei-
herr von Münchhausen und kein Till Eulenspiegel hätten
ausdenken können. So stehen und sitzen wir vor der Fülle
unserer Fotos, ratlos, was mit ihnen zu tun sei und seh-
nen uns nach einem Gebot, das so ähnlich lauten sollte
wie:

Du sollst dir kein Foto machen!

30. Juli 2002

Eintrittskarte

Druckkunst – Museum

Leipzig

.14045 ✳

Nonnenstraße 38
04229 Leipzig
Tel.: (03 41) 2 31 62-0
Fax: (03 41) 2 31 62-10

Stoppzylinder »Wharfedale« der englischen Fabrik Dawson&Sons in Otley b
Um 1870 für den Handbetrieb gebaut, ist sie die älteste Zylinderpresse des M

46

Intelligente Mautsysteme oder: Von der Verwirrung der Begriffe

Vor einigen Tagen wachte ich zu mitternächtlicher Stunde schweißgebadet auf. Ich war soeben von einem Mautsystem bei einem Intelligenztest geschlagen worden! Die an uns (mich und das Mautsystem) gestellten Aufgaben bestanden darin, einen LKW mit 15 Tonnen Nutzlast auf 8000 Meter Entfernung zu erkennen, das Autobahnpickerl inklusive Jahrgang zu identifizieren und die Summe aller in Österreich gefahrener Kilometer zu addieren. Das Ausmaß meiner Niederlage war nicht einmal mit Waterloo vergleichbar.

Dieser Alptraum humanistischer Allgemeinbildung geht mir nicht mehr aus dem Kopf und hat mich an jene Stelle im ‚Mann ohne Eigenschaften' erinnert, wo dieser sich darüber wundert, dass Tennisspieler und Pferde in Zeitungen als ‚genial' bezeichnet werden.

Bereits Anfang des 20. Jahrhunderts verwechselten Journalisten offenbar diverse Begriffe, obwohl ihnen in den stillen Stunden ihres Nachdenkens klar gewesen sein wird, dass Einstein genial war, aber sicher nicht das Pferd ‚Johann', weil es zum achten Mal ein Rennen gewonnen hat. Und selbst ein so toller Tennisspieler wie Boris Becker ist als Genie ziemlich unglaubwürdig, obwohl er sicher genialer ist als jedes Pferd.

Was damals der Begriff ‚Genie‘ war, ist heute jener der Intelligenz. Wir bekommen intelligente Mautsysteme, intelligente Kühlschränke, intelligente Handys, sogar von intelligenten Häusern ist die Rede. Aber was haben diese Dinge mit Intelligenz zu tun? Gar nichts, denn sie können vieles, aber sicher nicht denken. Und das ist eine Voraussetzung für Intelligenz. Leider ist das nicht die einzige Verwechslung von Begriff und Inhalt. Eine andere, sehr moderne Verwechslung bezieht sich auf ‚Medienkompetenz‘. Aber davon soll ein anderes Mal geschrieben werden, schließlich möchte ich meine Intelligenz nicht überfordern. Womöglich liest ein Mautsystem meine Zeilen und blamiert mich ein weiteres Mal!

4. August 2002

48

Wellness – Alkohol

Wir JungseniorInnen werden als Zielgruppe endlich ernst genommen, zumindest von jenem Bierproduzenten, der neulich das sehnlich erwartete gesunde Bier auf den Markt brachte.

‚Steirerman', so der originelle Name, ist das ‚Wellness-bier mit Kürbiskernextrakt'.

Nein, es handelt sich weder um eine neue Salatsauce noch um einen Scherz, sondern um die Wirklichkeit. Und in dieser empfiehlt das deutsche Gesundheitsamt 10 g der Kürbissubstanz, um gegen Prostataleiden geschützt zu sein. Jeder 50-Plus-Mann weiß, dass die Prostata zu seinen Problemzonen gehört und da ist es ein wahres Glück, dass in einer Flasche Wellnessbier genau 8 g Kürbis-kernextrakt sind. Mit zwei Flaschen ist der Jungsenior also bereits auf der gesunden Seite des Alkohols und wenn er sicherheitshalber ein drittes Fläschchen leert, kann prostatamäßig nichts mehr schief, sondern alles nur gut gehen. ‚Lass die Lenden sprechen', wie es im Werbe-spruch charmant heißt.

Bekanntlich gibt es auch ober- und unterhalb dieser Zone jede Menge Krankheitspotentiale, die ebenfalls al-koholisch leicht zu eliminieren sind. Man denke nur an Kreislaufprobleme, Herzinfarkt und Übelkeit. Alles kein Problem! Seit ich mehr Wert auf Gesundheit lege, sieht

49

mein Tagesablauf so aus: Nach dem Frühstück muss erst mal der Kreislauf auf Trab gebracht werden. Nichts ist hier so effizient und zu hundert Prozent biologisch abbaubar wie zwei, drei Gläser Champagner.

Nach dem Gabelfrühstück rege ich die Verdauung an, dazu empfehlen namhafte Ärzte reinen Schnaps, etwa von der Quitte oder der Vogelbeere, maximal zwei Gläschen. Zum Mittagessen trinke ich, je nach Jahreszeit, Reis- oder Wokwein, Pardon, natürlich Weiß- oder Rotwein. Wichtig ist, wie immer im Leben, die richtige Dosierung. Mehr als ein kleines Fläschchen ist nicht zu verfehlen.

Abends muss es allerschwings auschschlieschlich Rotwein schein wegen der darin enthaltenen Quartzstoffe, von den vielen Vitaminen wollen wir gar nicht reden! Besonders die Spurenelemente der Eichenfässer garantieren ein langes Leben, man denke nur an das hohe Alter dieser schönen Bäume. Wiederum gilt es, ein gesundes Augenmaß beizubehalten: eine, maximal zwei Flaschen reichen für eine angenehme Nacht.

Wo soll das alles enden, werden Sie zu Recht fragen. Ganz einfach, bei rüstigen, hundertjährigen Alkoholikern in der Trinker-WG. Allerdings: Das österreichische Pensionssystem muss bei so viel Wellness dringend reformiert werden!

11. August 2002

50

Weibliche Handys und männliche

Männer legen ihr Handy, kaum beginnt eine Besprechung, stolz vor sich auf den Tisch und vergleichen es mit dem des Nachbarn. Das erinnert auch Nicht-Ethnologen zwangsläufig an jene afrikanischen Stämme, bei denen die männlichen Geschlechtsteile in riesige Behälter gehüllt werden, um Eindruck zu schinden.

Frauen hingegen verbergen ihr Kommunikationszentrum in Handtaschen, die sie, wenn es piepst, so lange durchwühlen, bis die Töne ersterben. Peinlich berührt werfen sie danach entschuldigende Blicke in die Runde.

Was lernen wir daraus?

Der echte Mann ist wichtig und muss daher jederzeit erreichbar sein. Die Frau geniert sich dafür. Die Biologie lässt sich auch durch die neuen Medien nicht überrumpeln. Ein Mann bleibt ein Mann, eine Frau bleibt eine Frau. Deshalb gehört die weite Welt draußen, bei den Konferenzen, dem Mann.

So soll es sein. Oder?

18. August 2002

51

Immer mehr Zeit!

‚Mehr als 50 Gründe früher nach Hause zu gehen' verspricht mir eine neue Software. Ich habe sie natürlich sofort installiert – dauerte bloß drei Stunden – und schon habe ich einen enormen Zeitgewinn. Ich habe nämlich nun ‚unbegrenzte SQL-Kontrolle für den wirklich flexiblen Datenzugriff' und vieles mehr. Echt super!

In Kombination mit meinem wöchentlichen Zeitmanagementseminar, das ich jeden Sonntag besuche und meinem elektronischen Kalender, der Ordnung in meine Termine bringt, indem er mich im 5-Minuten-Abstand an etwas erinnert, das ich früher glücklicherweise vergessen habe, steht mir immer mehr Zeit zur Verfügung.

In der lese ich Newsletter, leite sie mit einem geistreichen Kommentar versehen an Freunde weiter und dazwischen verschlinge ich Kurzrezensionen von Büchern. Einige davon bestelle ich online, womit schon wieder Zeit gespart ist, die ich für Unterrichtsvorbereitungen verwende.

Um mich auch körperlich fit zu halten – Sie wissen schon, ein gesunder Geist braucht unbedingt einen gesunden Körper – absolviere ich das Trainingsprogramm ‚In 15 Minuten zu einem perfekten body' und schaue währenddessen Bayern Alpha, das ausgezeichnete Bildungsprogramm des Bayrischen Rundfunks.

Spätestens jetzt fallen mir weitere Ideen zu, die ich sofort umsetze, weil das mit einem Textverarbeitungsprogramm so schnell geht. Noch ein paar passende Fotos geschossen, mit einem Bildbearbeitungsprogramm bearbeitet, damit auch das visuelle Gedächtnis befriedigt wird, das Ganze mit einigen Maillisten versandt und schon erfreuen sich auch andere an meinem Zeitgewinn.

Und weil Mitternacht nun lange vorbei ist, stelle ich diesen Splitter ins Netz, morgen ist um 8 Uhr Arbeitsbeginn.

Herrlich, diese Zeitersparnis mit Hilfe der EDV!

25. August 2002

53

Kranksein ist alles!

Irgendwann ereilt es jeden und jede. Das Grippevirus schlägt zu, man liegt mit Fieber im Bett rum und weiß, man fehlt der Welt, auch wenn die es nicht bemerkt.

So ergeht es mir seit einigen Tagen.

Die Versuche, energisch aufzustehen und wenigstens eine halbe Stunde einer sinnvollen Tätigkeit nachzugehen, etwa Kartoffeln schälen oder den Geschirrspüler ausräumen, enden nach zehn Minuten mit einem Schweißausbruch und der Rückkehr ins Bett. Selbst das Gehirn wehrt sich gegen jegliche Anstrengung und ist nur mehr imstande, die einfachsten Sätze aufzunehmen.

Und so lese ich mich durch die verschiedenen Zeitungen und staune über das, was während meiner Abwesenheit in der Welt so geschieht.

Eine Taliban-Kollektion lässt da beispielsweise die Madrider Modewoche mit einem Skandal enden. Ein Debütant hatte Models mit Kapuzen, Henkerstricken auftreten lassen, die Beine waren mit Verbänden umwickelt, kurz: Dem Designer war es gelungen, durch extreme Geschmacklosigkeit aufzufallen. Dem Modeschöpfer tat es anschließend Leid, er entschuldigte sich artig und genießt seither eine gewisse Berühmtheit. Dieses Marketingrezept ist bekannt und funktioniert immer wieder, nicht nur in der Politik.

Ein wenig netter klingt die Idee von Walt Disney, Schneewittchen neu zu verfilmen. Die Handlung wird nur ein wenig verändert, die sieben Zwerge etwa werden durch sieben chinesische Shaolin-Mönche ersetzt, die per Kung-Fu alle Feinde der schlafenden Prinzessin massakrieren. Ob die Mönche nun die Größe von Zwergen haben müssen oder ob in diesem Fall Kapuzen, also Zwergerlmützen reichen, wird noch verhandelt. Sicher ist, dass am Ende Schneewittchen siegt und die böse Stiefmutter sich als verkleideter Saddam Hussein herausstellt.

Und zum Schluss das Beste: Weltraumreisen sollen ab 2006 möglich sein. Mit $ 100.000.- kann jede und jeder mit an Bord sein und fünf Minuten Schwerelosigkeit erleben. Wenn das kein Grund ist, einen Bausparvertrag abzuschließen oder endlich an der Börse zu spekulieren!

Bis zum nächsten Mal in guter Gesundheit!

25. August 2002

55

Stell dir vor, es sind Wahlen

Österreich befindet sich im Wahlkampf – und niemand merkt es! Drei Jahre schwarzblaues Chaos mit Weltuntergang (SPÖ) beziehungsweise enormem Reformschub, der uns Ansehen in der weiten Welt brachte (ÖVP), locken keinen Hund hinter dem Ofen hervor. Dabei geben sich die Parteien solche Mühe!

Eine der Regierungsparteien lockt mit dem genialen Werbespruch ‚Wer, wenn nicht er', die andere ist der gleichen Meinung, darf den Einen aber nicht herzeigen und wirbt zum Ausgleich mit fünf bis sechs anderen Menschen, die niemand kennt.

Die Nr. 1 der Oppositionsparteien schickt den Genossen Kühlschrank ins Rennen, unterstützt von einem alten Jungrevoluzzer, der vor Jahrzehnten mit Vorzugsstimmen ins Parlament kam, weil ihn selbst die eigene Partei nicht mochte. Beide Politiker, wie sie euphemistisch genannt werden, schwärmen von der guten alten Zeit, als Kreisky noch den weisen Monarchen gab. Unter dem hätten sie kein Leiberl gehabt, so gut waren damals die Zeiten! Aber heute ist eben alles möglich, sogar eine Fortsetzung von Schwarzblau.

Dabei hätten wir einen tollen Kreiskynachfolger, einen, der mindestens so langsam spricht wie der alte Sonnengott und fast genauso gescheit ist: Van der Bellen!

56

Sein Name klingt zwar aufs erste fremdartig, aber bei der berühmten Ausländerfreundlichkeit der Österreicherinnen und Österreicher ist das einerseits kein Nachteil und andererseits ist der Grüne sowieso irgendwie auch ein echter Tiroler, denn die heißen neuerdings immer van irgendwo.

Es gibt nur ein Problem: Der Mann ist bei der falschen Partei. Wäre er ein Genosse Professor, also Mitglied der SPÖ, ich würde mein Monatsgehalt auf ihn als Kanzler wetten – und gewinnen. So wette ich bloß darauf, dass die Wahlbeteiligung noch geringer sein wird als bei den letzten Wahlen. Weil niemand mehr einen Unterschied erkennen kann zwischen Rot und Schwarz und Grün.

Schlaf begnadet, viel gerühmtes Österreich!

1. September 2002

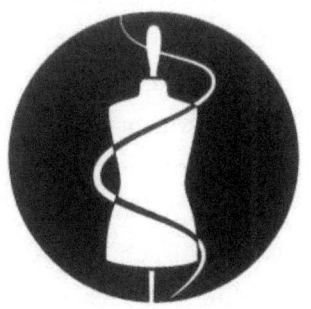

Wir ändern, was Ihnen nicht passt.

57

90 Prozent Schrott

90 Prozent aller Manager produzieren Schrott.

Das ist die Kernaussage der Autoren Rolf Fink und Karl Kälin in ihrem Buch ‚top schrott – Unwahres und Falsches zu Führung und Management'.

Die männliche Form ist diesmal bewusst gewählt, weil Frauen unter Managern noch immer eine Minderheit darstellen.

Und wie sieht das in der Politik aus? Nun ja, mit ein bisschen Anstrengung kommen wir auf fünf Prozent, die etwas Sinnvolles machen. Das geht zumindest aus einer wissenschaftlichen Untersuchung meinerseits hervor. Ich habe, weil es mir einfach zu gut ging, eine österreichische Zeitung gekauft. Es war der Standard vom 3. Oktober 2002. Nach der Lektüre war ich so geschafft, als hätte ich 90 Stunden durchgearbeitet. Dabei habe ich bloß die österreichische Wirklichkeit komprimiert vor Augen gehabt.

Beginnen wir mit dem einfachen Chaos.

In Kaprun verbrannten vor mehr als einem Jahr viele Menschen. Schuld war natürlich niemand. Dennoch kam es zu einer Untersuchung, bei der auch Sachverständige zu Wort kamen. (Der erste internationale Lacherfolg war, als einige Beamte pünktlich zu Prozessbeginn im Kofferraum ihres PKW noch ein paar Beweismittel ins Gericht brachten.)

Vor einigen Tagen verglich nun ein Rechtsanwalt die Liste der Beweismittel mit den tatsächlich vorhandenen.

Große Überraschung: Einige Beweismittel fehlten! Der Gutachter, der diese Beweismittel untersucht hatte, telefonierte mit seiner Frau Gemahlin, diese suchte so lange im gemeinsamen Haus, bis sie im Keller fündig wurde. Dort waren sie, die Beweismittel im Fall Kaprun.

Immerhin, sie waren wenigstens irgendwo vorhanden.

Nicht vorhanden sind hingegen die Zinsen des tollen neuen Pensionsmodells von Noch-Finanzminister Grasser. Der hatte knapp vor seinem Abgang noch eine supertolle Idee gehabt, die allen zahlungswilligen Österreicherinnen und Österreichern eine ganz, ganz tolle Zusatzrente versprach. Auch Wirtschaftsminister Bartenstein war ganz, ganz begeistert und so beschloss das Parlament, genauer: beschlossen die Regierungsparteien das ganz, ganz tolle Modell.

Nach dem Beschluss fragte man die Experten und erhielt die Antwort, dass dieses Modell wirklich ganz, ganz toll ist, aber eines mit Sicherheit nicht: nämlich verwirklichbar.

Keine Bank, keine Versicherung werde jemals seinen Kunden eine Zinsengarantie dieser Art geben.

Orden bekommt der Finanzminister für seine Amtszeit also keinen, den kriegte dafür Gianfranco Fini.

Und zwar das ‚Große Ehrenzeichen am Band'. Herr Fini ist Führer der sogenannten Alleanza-Nazionale, manche sagen Postfaschisten zu dieser Partei. Dabei möchte sie höchstens eine Ante-Faschistische Partei sein.

Wie dem auch sei, der gute Mann wurde geehrt für ‚seine hervorragenden gemeinnützigen Leistungen für die Republik Österreich'. Am Band darf er den Orden tragen, weil er ‚sich unter Lebensgefahr Verdienste um die Republik Österreich erworben hat'. (Statut für die Ehrung, Zitat aus dem Standard.)

Bereits wenige Stunden danach zeigte Fini den gemeinnützigen Orden stolz her.

Anlass war eine Kundgebung für die Umbenennung des derzeitigen ‚Friedensplatzes' in ‚Siegesplatz'. Dieser Platz befindet sich in Bozen und Siegesplatz hieß er seit den Faschisten, seit kurzem Friedensplatz, weil manchmal auch die fünf Prozent Politiker zu Wort kommen.

Manche wünschen sich den alten Namen und verlangten daher ein Referendum. Auf ihrer Kundgebung wünschten etliche Siegesbefürworter dem Bozener Bürgermeister den Tod und grüßten mit dem Mussolinizeichen.

Wer solche Leute anführt, dem gebührt also das Große österreichische Ehrenzeichen!

Und wer hat ihm das geschenkt? Der Bundespräsident auf Vorschlag des österreichischen Außenministeriums. Über so viel Professionalität wird sich die Volkspartei in Südtirol sicher freuen!

60

Nachdem ich all das gelesen hatte, wunderten mich auch folgende zwei Kurznachrichten nicht mehr:

Wolfgang Kos wird neuer Direktor des Historischen Museums in Wien, weil (oder obwohl?) er nicht im Dreiervorschlag des Kuratoriums aufscheint, das extra zur Suche des Direktors gegründet worden war.

Wolfgang Kos war vorher beim ORF, der soeben – das ist die zweite Nachricht – die Honorare für Hörspielautorinnen und -autoren um 50 Prozent kürzt.

Verständlich, dass der gute Mann den ORF verlässt und aus Trotz Museumsdirektor wird.

7. Oktober 2002

61

From here to eternity

Einer der längsten Zeitabschnitte, die sich der Mensch vorstellen kann, ist die Ewigkeit. Ihr größerer Teil liegt bekanntlich nach dem Tod, deshalb nannte sich die heurige ‚Messe für das Bestattungswesen' kurz und prägnant ‚Eternity 2002'.

Leider konnte ich die Veranstaltung nicht besuchen, aber schon die Zeitungsberichte und Homepages über die neuesten Errungenschaften stimmten mich frohgemut. Auch der Tod, genauer: Das Begräbnis wird in Zukunft ein echtes Event werden!

Die USA sind uns wieder einmal etliche Schritte voraus. Dort wird nicht nur, sollten die Toten Militärs sein, wild in die Luft geschossen, sondern es steigen etwa bunte Luftballons gen Himmel.

Aber Europa holt auf!

‚Die Auseinandersetzung mit Tod und Trauer entwickelt sich zum Trend' ist auf den Webseiten www.postmortal.de zu lesen. Um diesen Trend zu fördern, gibt es jede Menge neuer Sargmodelle, die immer mehr von den düsteren Farben weggehen und helle, fröhliche aufweisen. Auch der Liegekomfort wird von Jahr zu Jahr besser. Gleichzeitig ist man bemüht, die Ökologie zu beachten. Bahnbrechend das Schweizer Modell ‚Peace

Box'. Es handelt sich um einen faltbaren Pappsarg, der zu 60 Prozent aus recyceltem Altpapier besteht!

Weitere Vorteile sind das geringe Gewicht, die geringen Schadstoffe und, wie ein Schweizer Amt bestätigt:

‚Bei Erdbestattungen haben wir festgestellt, dass sich das Grab in vier bis sechs Wochen bereits stabilisiert hat. Dadurch können definitive Anpflanzungen wesentlich früher erfolgen als bei konventionellen Holzsärgen.'

Sehr interessant auch die Idee, die Asche Verstorbener in Baumwurzeln zu beerdigen. Ein Schweizer — die Schweiz scheint auf dem Gebiet des Bestattungswesens die Avantgarde zu sein — bietet diese Art der Bestattung in seinem ‚Friedwald' an.

Vieles mehr gäbe es zu berichten, aber ich mache nun lieber Schluss. Das hier ist ja nur ein Splitter der Wirklichkeit, darum sollen Sie keine Ewigkeit brauchen, um den Text zu lesen.

14. Oktober 2002

63

Neue Medien - ein alter Hut?

Neue Medien - ein alter Hut? Dem Schreiber dieser Zeilen ist in der vorigen Woche nicht etwa nichts eingefallen, er hat auch nicht den wöchentlichen Termin vergessen, alles war ganz anders!

Erstens fand in Graz eine Veranstaltung zum Thema ‚Neue Medien und Allgemeinbildung' statt.

Zweitens wurden dort Erkenntnisse präsentiert, die zwar nicht objektiv, aber für viele subjektiv neu sind.

Und darüber möchte ich heute kurz berichten.

Bis vor kurzem mussten sich jene, die vor der Mythologisierung des Computers warnten, noch als ‚Maschinenstürmer' oder ‚Fortschrittsverweigerer' diffamieren lassen. Heute wird Kritik wieder zugelassen und ein differenziertes Bild ist möglich. Die Mythen vom Computer als großartigen Zeitsparer, Papiersparer, geduldige Lernhilfe oder gar Ersatz von Lehrerinnen und Lehrern lösen sich in Luft auf. Die Papierindustrie hat hohe Wachstumsraten, die Menschen stöhnen unter immer mehr Stress und Lehrerinnen und Lehrer wissen nicht, ob sie zuerst die pädagogischen Probleme mit ihren Schülerinnen und Schülern lösen sollen und danach die EDV-Probleme oder umgekehrt.

‚Der Computer löst jene Probleme, die ohne ihn nicht vorhanden wären', schrieb ein Computerexperte in Anlehnung an den berühmten Satz von Karl Kraus ‚Die Psychoanalyse ist jene Krankheit, für deren Heilung sie sich hält.'

Derzeit entsteht im Bewusstsein früherer EDV-Fans eine neue, realistische Bescheidenheit.

„Vielleicht hätten wir doch lieber neue Tische kaufen sollen und die Schulgebäude renovieren lassen, statt alles Geld in Computer zu investieren", meinte ein Vertreter des Ministeriums, der vor einigen Jahren vehement für den Computereinsatz eingetreten ist. Solche Sätze geben Anlass zu leichtem Optimismus.

Erstaunlich war die Veranstaltung auch deshalb, weil mit Ausnahme eines Referenten – es waren nur Männer geladen – alle die neuen Medien nicht nur kritisch hinterfragten, sondern letztlich den Begriff als Mythos entlarvten. Lernen macht auch mit Computer wenig Spaß, es bleibt mühsam und anstrengend. So wie auch das Radio, das Fernsehen und der Videorecorder das Lernen nicht lustig und locker machten, wie es damals schon versprochen und nicht gehalten wurde.

Vom ehemaligen Professor des MIT über den Soziologen der Universität bis zum Exmitglied des CCC (Computer Chaos Club) waren sich alle darüber einig, dass Computer in den ersten sechs Schulstufen nichts verloren haben, dass der Zugang zu qualitativ hochwertigen Informationen in Zukunft teuer sein wird und dass keine Schülerinnen und Schüler mit Nobelpreisträgerinnen und

65

Preisträgern per E-Mail kommunizieren werden. Das war eine der vielen Illusionen über das Internet.

Zum Abschluss noch eine kleine Pointe:

Während am Montag von einer österreichischen Universität erzählt wurde, an der Studentinnen und Studenten mit Bonuspunkten belohnt werden, wenn sie das Internet benutzen, berichtete am Dienstag Peter Glaser von Studierenden in den USA, die belohnt werden, wenn sie das Internet nicht benutzen, sondern in die Bibliothek gehen. In den USA hat man festgestellt, dass das Internet mit Sicherheit nicht klüger, möglicherweise aber dümmer macht.

So schnell ändern sich die ‚Wirklichkeiten'!

Allerdings: Ein Gewinn ist alles, was mit e- beginnt, dennoch. Für die Computerindustrie.

28. Oktober 2002

66

Vom gesunden Schlaf

Vorigen Dienstag fand die erste Diskussion zwischen zwei österreichischen Parteiführern anlässlich der Nationalratswahl statt. Da es sich bei Führern ausschließlich um Männer handelt, kann ich auf die ästhetisch doch fragwürdige Form der ‚FührerInnen' verzichten und wende mich sogleich den ungeheuren und imposanten Inhalten zu.

In der ersten Runde trat Professor Van der Bellen gegen den Bundeskanzler himself, Dr. Schüssel, an.

Ich stellte mir eine Flasche dunkles Bier und eine Flasche Grünen Veltliner auf den Tisch, um meine politische Ausgewogenheit zu demonstrieren und harrte der Dinge, die da kommen sollten.

Ein etwas fülliger Moderator, der vor einigen Monaten der Sportredaktion des ORF entwischt war, kündigte die Kontrahenten an und dann begann der spannende Fight. Angeblich haben ihn drei Mal mehr Zuschauerinnen und Zuschauer gesehen als den Kampf vor drei Jahren, sagte der ZiB-Moderator des nächsten Tages. Diese Zahl kann sich nur auf den Beginn der Sendung bezogen haben.

Die Geschichte endete nämlich bei mir nach wenigen Minuten mit einem Tiefschlaf, aus dem mich meine Frau nur durch heftiges Treten auf das Schienbein wachrütteln konnte. Mein Schnarchen sei bis in das weit entfernte

Schlafzimmer gedrungen. Sie habe mich für einen brüllenden Löwen gehalten.

Am Donnerstag schlugen nun die Fighter Gusenbauer und, jetzt ist mir glatt der Name entfallen, nun ja, der donnerstägige Vertreter der FPÖ verbal aufeinander ein.

Mein Arzt, dem ich von meinen Wachproblemen erzählt hatte, gab mir einige Aufputschtabletten der härteren Sorte, weil Ecstasy allein im österreichischen politischen Kampf nichts mehr helfen könne. Ich saß folglich wie eine Eins vor dem Fernsehapparat und hing mit meinen Augen an den Lippen der beiden Schönmenschen.

Es wurde ein schöner Abend!

Der Frauenministerin sagte andauernd, dass er ,in aller Klarheit feststellen wird, warum' und darauf folgte etwas, das mit der Frage niemals nichts zu tun hatte.

Der Oppositionsführer war daraufhin stets ,der Meinung, dass, und das habe ich immer gesagt' die Sozialdemokratie schon immer und überhaupt.

Worauf der Minister in aller Klarheit antwortete, dass er nicht dieser Meinung sei, weil in Deutschland das rotgrüne Chaos nur deshalb fortgesetzt wird, weil die Ausländer so gewählt hätten. Nun dürfen zwar auch in Deutschland Ausländerinnen und Ausländer nicht wählen, da bin ich mir ganz sicher, aber ich bin schließlich kein Politiker, der anscheinend von seiner Berufung heraus gar nichts wissen darf und wenn, dann jedenfalls das Falsche.

Warum, dachte ich nach drei Stunden, hat mir mein Arzt dieses rezeptpflichtige Medikament verschrieben, dieses Ecstasy zum Quadrat? Vorgestern konnte ich noch friedlich bei Bundeskanzlers Hügelpredigt einschlafen, heute muss ich zählen, wie oft der eine ‚Klarheit‘ sagt und der andere ‚Meinung‘. Wie schön waren dagegen die Schafe, die ich früher über Hürden springen ließ und zählte.

Jetzt sitze ich bereits fünf Stunden vor dem Fernseher und meine Uhr behauptet, – jetzt weiß ich es, Haupt heißt der Donnerstagskandidat der FPÖ! – es seien erst 30 Minuten vergangen. Wann wird das alles enden?

Jedenfalls nicht nächste Woche, denn dann geht es in die nächsten Runden: Bundeskanzler gegen irgendeinen Kandidaten der FPÖ und danach Grün gegen Rot.

4. November 2002

The big sleep

Das Glück der österreichischen Regierung ist die Vergesslichkeit der Wählerinnen und Wähler.

Vergangenen Dienstag diskutierte ein Bundeskanzler, der eigentlich in Opposition ist, mit seinem Regierungspartner, dessen Ablaufdatum absehbar ist. Dr. Schüssel hat bekanntlich vor der Wahl gesagt, dass er mit Sicherheit in Opposition geht, wenn er Dritter wird. Letzteres geschah, aber nach der Wahl war alles anders. Der Dritte warf sich mit Elan nach vorn und wurde Bundeskanzler.

Minister Haupt seinerseits meint ebenfalls alles anders, als er es sagt. Das ist zumindest die Ansicht des Kanzlers.

„Das meinen Sie nicht so."

„Ich kenne Sie doch als warmherzig."

„Das können Sie nicht so meinen."

So und ähnlich tönte es von Seiten des Regierungs„chefs", als Minister Haupt einigen Mitgliedern seiner Partei den Austritt nahelegte. Solche Ansichten machen es schwer, eine Wahl zu treffen, ohne in Schizophrenie zu verfallen. Wenn einer sagt, was er nicht meint und das außerdem selbst nicht versteht, wie sieht dann ein Regierungsprogramm dieser Koalition aus?

Der Versuch des ORF-Redakteurs, den beiden eine Aussage über eine zukünftige Koalition zu entlocken, wurde redegewandt ignoriert. Man sei nach allen Seiten hin offen.

Nach 20 Minuten brummte mir der Kopf derart, dass ein Gang zum Kühlschrank nicht zu verhindern war. Ich holte mir einen Kilo Eiswürfel, hüllte sie in ein Geschirrtuch und legte mir das Ganze auf den Kopf. Vielleicht konnte ich nun den Sätzen der angeblichen Kontrahenten folgen.

Es war vergebliche Liebesmüh'.

Noch immer erklärte der Kanzler dem Minister, welcher Meinung jener sei, während der in ‚aller Klarheit‘ sagte, dass alles anders sei. Wie, sagte er nicht so genau, aber das spielte ohnehin keine Rolle mehr. Nach wenigen Minuten schlief ich den Schlaf des Gerechten, angenehm gekühlt von meinen Eiswürfeln.

Am Donnerstag saßen einander Dr. Gusenbauer und Prof. van der Bellen gegenüber. Kleinlaut gestehe ich: Vieles von dem, was der Professor sagte, war richtig. Aber wem hilft das? Ich kenne wenige Wahlkämpfe, in denen ‚das Richtige‘ gewann. Viel bedeutender in unserer Mediendemokratie ist der Gefühlsinhalt der Botschaften. Und gefühlsmäßig ähnelte die Diskussion am Donnerstag jener vom Dienstag. Mich überkam ein großer Schlaf.

In diesem Sinn:

Gute Nacht Österreich

11. November 2002

71

Lasst alle Hoffnung fahren

Wer vor ein paar Wochen an einen Regierungswechsel glaubte, konnte immerhin noch ein paar Argumente sein Eigen nennen. Spätestens seit heute ist alles anders. Nach der Elefantenrunde – ORF-Moderator Oberhauser stand für diesen Namen Pate – aller Parteivorsitzenden ist klar: Es wird sich nichts ändern.

Erstens ist das der Wunsch der großen Mehrheit, weil nur jeder dritte hierorts eingebürgerte Mensch eine Änderung des Regierungskurses möchte.

Die Österreicherinnen und Österreicher wollen nämlich

- Ambulanzgeld
- Studiengebühren
- hohe Steuern
- Nulldefizit von nicht mehr als höchstens 1,5 % und wenn der Herr Professor van der Wauwau noch so logisch argumentiert, dass 1,5 nicht 0 ist – Hauptsache, wir sind eine Familie. Die hält immer zusammen.
- einen schönen Finanzminister, weil Masochismus so viel mehr Spaß macht.

Und wenn jemand sagt, dass es im rotgrünchaotischen Deutschland einen Budgetüberschuss gebe, wenn dort die Steuern so hoch wären wie in Österreich, dann finden das zwei Drittel der Österreicher nicht wichtig.

72

Zweitens waren sich alle kleinen Elefanten unter Führung des großen einig, dass sie eigentlich alle das Gleiche wollen.

Drittens kennen jetzt alle den Dr. Schüssel, an den hat man sich gewöhnt und der ist schon als Vorletzter Sieger geworden. Das ist ein Talent, das fast jeder Österreicher gerne hätte.

Viertens war er an allen Budgetdefiziten der Roten beteiligt und tut heute überzeugend so, als wäre er nicht dabei gewesen. Und auch das ist eine Gabe, die nicht erst seit 1945 sehr wichtig fürs Überleben der kleinen Österreicher war. Deshalb wird es bei den Wahlen am 24. November ein Weihnachtsgeschenk für die ÖVP geben!

1. Platz: Schüssel mit der ÖVP – 500 Stimmen Vorsprung auf den

2. Platz: die SPÖ mit Gusenbauer.

3. Platz: zum Erstaunen aller die FPÖ mit 17.400 Stimmen Vorsprung auf den

4. Platz: die Grünen, weil sie immer viel weniger Stimmen bekommen, als ihnen die Meinungsforscher zutrauen – über die Gründe darf gerätselt werden

Daher gibt es eine Neuauflage der schwarzblauen Regierung unter dem Bundeskanzler Dr. Haider, der durch Dr. Schüssel repräsentiert wird.

Alles klar auf der Andrea Doria!

23. November 2002

73

Loblied auf das Handy

Heute wollen wir uns den vergnüglichen Seiten des Lebens zuwenden.

Nein, nicht dem, was Sie denken!

Es geht auch nicht um die FPÖ und beispielsweise jene Wiener Abgeordnete, die Samstag Jörg Haider aufforderte, seine politischen Funktionen zurückzulegen. Am Sonntag ließ sie verlauten, dass sie verkühlt gewesen sei und die Frage falsch verstanden habe. Warum sie dennoch die richtige Antwort gegeben hatte, sagte sie nicht.

Nein, ich schreibe nichts über den Niedergang der popolistischen FPÖ und den Aufstieg der popolistigen ÖVP. (Der Ausdruck ‚Popolismus' ist übrigens dem höchst lehrreichen Buch ‚Der A-Quotient' von Charles Lewinsky entnommen.)

Nein, ich schreibe heute über jenes Ereignis, das ich in Wien, der Heimatstadt der Verdrossenheit, erleben durfte: In der Straßenbahn sah ich einen lächelnden Wiener!

Solches kommt in einem Jahrzehnt nur 1,67 Mal vor, und ich durfte dabei sein!

Was aber war die Ursache für dieses artfremde Verhalten?

Und nun kommt die Lösung des Rätsels, die alle fortschrittsfeindlichen Menschen einer jähen Wandlung unterziehen wird:

74

Der Wiener lächelte einem Handy zu!

Seinem Gesicht entfloh jegliche Unfreundlichkeit – ein Markenzeichen meiner Heimatstadt –, es zerfloss vor Liebenswürdigkeit, ohne dass ein Vorgesetzter vor ihm stand, ein Wunder geschah vor meinen Augen!

Was immer auf dem Display stand, es ist gleichgültig.

Allein wichtig ist, dass die Erfindung des Funktelefons für alle sogar einen Wiener glücklich machen kann. Das ist der absolute Beweis für seine Existenzberechtigung.

Und deshalb werde ich niemals nicht mehr gegen den Fortschritt sein, selbst wenn ich kein Gespräch mehr führen kann mit meinen Gegenübern, weil es ununterbrochen bei allen Tischen, WC-Anlagen, Theateraufführungen und Begräbnissen piepst.

Glück darf nicht verhindert werden!

3. Dezember 2002

Stille Nacht, heilige Zeit

Wie friedlich die Welt nun ist! Weihnachtszeit!

Christ ist geboren und hat den Menschen seine obersten Gebote gebracht:

Liebe deinen Nächsten wie dich selbst.

Mehr noch:

Du sollst deine Feinde lieben.

Wenn wir von ein paar Morden – zwei Drittel bleiben ohnedies sozusagen ‚in der Familie' – und anderen kleinen Gewalttätigkeiten einmal absehen, herrschen endlich überall Friede, Glück und Liebe.

Liebe zwischen allen Menschen, gleichgültig ob Einheimische oder Fremde, ob Frau oder Mann, ob reich oder arm. Und Liebe an allen Orten, vom Kaufhaus bis in die Toilettenanlagen: Stille Nacht, heilige Nacht.

Am 24. Dezember umarmen sich die Menschen unter grünen Tannen und Fichten, singen gemeinsam Lieder, herzen und küssen sich, ja an manchen Orten betet man in eigenen, heiligen Räumen für Frieden und Glück.

Wie erlösend und befreiend es ist, diese heiligen Tage den christlichen Werten zu widmen!

Denn bald ist die heilige Zeit wieder vorbei und wir müssen uns dem normalen Alltag widmen:

Die Faust geballt, die Messer bereit und das Mobbing geht weiter.

76

Kampf jeder gegen jeden!

Raus mit den Ausländern!

Nieder mit den Schurkenstaaten!

Schmarotzer raus aus unseren Parkanlagen!

Meine Pfründe gehören mir!

Und wie die Regeln alle heißen, die Menschen sich gegeben haben.

Echt grauslich!

Da tut es einfach gut, ein paar Tage sich zu erholen und zu stärken für den Kampf in der natürlichen Welt, wo der Stärkere siegt.

Fröhliche Weihnachten!

Und ein erfolgreiches Jahr 2003!

26. Dezember 2002

2003

Good news!

Die meisten ökonomischen Daten des vorangegangenen Jahres waren erschütternd. Da gab es einen Rückgang beim Zuwachs des Wirtschaftswachstums, steil fallende Kurse in nahezu allen Branchen, Minderung der Einkommen und ein Sinken der Sparzinsen.

Erfreulich hingegen die Wachstumsraten beim Verblödungsindex, kurz VEX genannt. Er stieg im Jahr 2002 um sagenhafte 4.404 Punkte und nähert sich Ende 2002 der psychologisch wichtigen 10.000-Punkte-Marke.

Seit der VEX 1997 an den internationalen Börsen notiert, hat er um beinahe 100 Prozent zugelegt! Bereits zu Jahresbeginn 2003 gibt es ein weiteres Hoch. Entscheidend für die freundliche Stimmung der Anleger war die Entsendung von insgesamt 120.000 Soldaten Richtung Irak. Der VEX stieg sofort um 300 Punkte, war kurz bei 9.979 Punkten angelangt und sank dann leider auf 9.441.

Was war geschehen? Nun, die UNO-Inspektoren berichteten, dass im Irak keine Atombomben und kein Giftgas gelagert seien. Das versetzte der erfreulichen Entwicklung des VEX an der Börse ein jähes Ende. Da half es auch nichts, dass der neue grönländische Premierminister, Herr Enoksen von der sozialdemokratischen Partei, eine Geisteraustreiberin engagierte.

Die gute Frau sollte das Betriebsklima zwischen einheimischen und dänischen MitarbeiterInnen verbessern. Dazu kam sie nicht mehr, weil ihr erstens die Ohren furchtbar weh taten (von wegen der negativen Energie, Sie wissen schon!) und zweitens der Koalitionspartner aus Protest die Regierung verlassen will.

Frau Berthelsen soll angeblich demnächst einen Termin bei Präsident Bush erhalten – wenn dieses Gerücht wahr ist, prophezeit Kakanien einen Sprung des VEX über die 10.000-Punkte-Grenze!

8. Jänner 2003

82

Frau Moik is here!

Nachdem der Musikantenstadl ein Dauerbrenner des ORF ist, hatten die kreativsten Köpfe des TV-Senders mit dem öffentlichen Kulturauftrag eine Idee: Wir brauchen einen Stadl für junge Menschen.

Und sie erfanden Starmania. (Na gut, im Privatsender RTL läuft die gleiche Sendung ohne öffentlichen Kulturauftrag, aber das ist eine ganz, ganz andere Geschichte. Oder?)

Die Sendung ist mit Worten kaum beschreibbar, ich versuche es trotzdem. In Starmania treten ein paar junge, sympathische Menschen auf, die gerne singen. Wären sie bescheiden – früher hätte man normal gesagt –, würden sie das zu Hause unter der Dusche machen und niemand müsste ihnen zuhören. Leider wollen die Auserwählten bei ihrer Tätigkeit von vielen Menschen beobachtet werden. Das ist ein Problem dieses Zeitalters, das geprägt ist von Monitoren und der Idee, dass Erfolg in direktem Zusammenhang mit Öffentlichkeit steht.

Die armen jungen Menschen, die wöchentlich ihre Stimmen zu Markte tragen, können natürlich nichts für diesen Unsinn. Der ist von langer Hand geplant und ein Anschlag auf den menschlichen Verstand. Wenn die USA gegen den Irak Krieg führen wollen, warum dann nicht der ORF gegen die Vernunft?

Genug der Philosophie, die braucht niemand, weil sie nichts nützt und hinein in die Wirklichkeit der Traumfabriken.

Natürlich gibt es eine Moderatorin, die die gesungenen falschen Töne um falsche Worte bereichert. Für Starmania hat der ORF eine Österreicherin zurück ins Heim geholt, die er früher nicht wollte. Damals ging sie trotzig zu einem deutschen Privatsender, der sie berühmt machte und aus Rache ist sie heimgekommen.

Wenn Karl Moik jemals einen weiblichen Klon bekommt, dann heißt er Arabella! Ich meine das nicht ästhetisch, sondern geistig.

Auf ins Detail:

Vergangenen Freitag trat Arabella, sagen wir der Einfachheit Frau Moik zu ihr, in froschgrüner Kleidung auf. Ängstliche Menschen wie ich fürchteten eine ganze Sendung lang, dass ihre zusammengeschnürten Brüste irgendwann aus den grünen Körbchen und schließlich dem Bildschirm herausfallen würden. Diesbezüglich hatten wir Glück, nichts geschah. Allerdings sprach Frau Moik auch, und ihre Worte müssen emanzipierten Frauen wie schallende Ohrfeigen um die Ohren geflogen sein.

„Irgendwer hat gesagt, du bist zu 80 Prozent eine Frau. Wie kommt das? Stehst du morgens so lange im Badezimmer?"

Selten so gelacht! Oder doch öfter?

„Es ist das Gerücht aufgetaucht, du bist schwul?"

84

Aber nein, meint der arme Junge. Natürlich nicht. Das wäre nicht natürlich. Schwul und im ORF – ein grässlicher Gedanke. Also jedenfalls: Nein, nicht schwul.

Das Publikum applaudiert artig, Frau Moik lacht anerkennend. Sie liebt echte Männer und die sind eben nicht schwul.

„Es stimmt also, dass du bei einem weiblichen Fan am Abend eine Speichelprobe entnommen hast?"

Echt lustig, die Frau Moik. Aber der dumme Mann – also doch schwul? – versteht die Frage falsch und antwortet mit einem empörten Nein.

A blede Gschicht, wie der Wiener sagt, wenn der dümmste Witz vom Gegenüber nicht verstanden wird. Aber Frau Moik lacht sich auch darüber hinweg, ihre Brüste neigen sich besorgniserregend über den Körbchenrand, schauen hinaus in die freie Wildbahn und ziehen sich glücklicherweise zurück. Kein Wunder, wenn der arme Junge bei diesen Aussichten schwul wird.

Ich habe Glück, ich sehe die Dinge nur zweidimensional, aber was geht in der Seele dieses armen, pubertierenden Jungen vor? Womöglich ist er Vegetarier!

Gott, wie schnell man sich dem Stadlniveau anpassen kann. Gestern war ich noch bei einer Lesung mit Menasse und Köhlmaier, heute bin ich bereits total verkalkt. Oder gibt es da einen Zusammenhang?

Egal, kein Wunder, wenn der Mann aus der Sendung fliegt! Jemand, der den Witz mit der Speichelprobe nicht versteht, muss raus!

Am Ende werden zwei Menschen vom Publikum rausgewählt. Genauer gesagt von jenen, die bereit sind, für diese Wahl ein paar Cents zu zahlen. Von den beiden Schlechtesten wiederum darf einer/eine weiterkommen. Und wer wählt diese aus? Genau! Jene, die bereits in die nächste Runde aufsteigen. Was wäre eine echte Show ohne ein bisschen Kapomentalität und Faschismus? Nur schade, dass man die Moderatorin nicht rauswählen kann.

PS: Der ÖVEX (Österreichischer Verblödungsindex) stieg während der Sendung um 10%.

20. Jänner 2003

86

Textsondierungen

Einigen Besuchern von Kakanien ist aufgefallen, dass der Splitter eine Woche lang nicht erschienen ist. Das ist richtig, aber Sie wissen schon: speed kills und deshalb war ich einige Tage dabei, mit verschiedenen Themen Sondierungsgespräche zu führen.

Bekanntlich bin ich ein großer Bewunderer unseres derzeitigen Bundeskanzlers, des heiligen Wolfi und seines Assistenten, des heiligen Anderl. Beide sind allzeit nach allen Seiten hin offen, auch dort, wo andere sitzen.

Angeblich hat sich dort bereits eine große Menge an Minister- und Ministerinnenanwärter und -innen breit gemacht, so dass es den beiden Herren mitunter schon Schwierigkeiten bereitet, bequem zu sitzen.

Aber lassen wir die Regionalpolitik beiseite, wenden wir uns den wahren Problemen der Welt zu. Da ist einmal die Gottesfrage, die jeden von uns Tag und Nacht bewegt. Schon die Frau Gräfin, deren Namen ich mir nicht merken kann und die nebenberuflich Managerin der ÖVP ist, dankte am Abend des Wahlsieges, dass der liebe Gott dem Bundeskanzler die Kraft gab, diesen Sieg zu erringen.

Deshalb hat der heilige Anderl sofort beschlossen, Gott in die Verfassung aufzunehmen. Das ist er aus seiner Heimat Tirol so gewohnt und warum soll die Welt, also Österreich, nicht endlich am Tiroler Wesen genesen statt am deutschen?

Die Begeisterung anderer Politikerinnen und Politiker hielt sich in Grenzen und deshalb schlage ich vor, auch Nicht-Gott in die Verfassung zu übernehmen. So wäre allen gedient, ein echter österreichischer Kompromiss könnte lauten: „Ich schwöre bei Gott und bei Nicht-Gott, dass ich die Republik Österreich in allen Zeiten ehren und verteidigen werde bei Gott und bei Nicht-Gott ..." könnte der österreichische Eid auf die Verfassung bei Gott und nicht lauten.

Bei der genauen Sondierung, wen das überhaupt interessiert, bemerkte ich allmählich, dass dieses Thema ein Minderheitenprogramm ist. Etwas interessanter ist die Frage, warum wir eine Wahl hatten, wenn die Regierung die gleiche geblieben ist.

„Wozu eine neue, wenn es doch so auch geht", sagte unser göttlicher und nicht-göttlicher Bundeskanzler sinngemäß, als unser aller Bundespräsident den heiligen Wolferl aufforderte, Koalitionsverhandlungen zu starten. Der Bundespräsident ist ja einst der Kandidat der ÖVP gewesen und kennt den Bundeskanzler, einen echten Beamten, ganz genau. Kein Wunder, dass er ihn schon im vorigen Jahr ermahnte, schnell eine Koalition zu gründen.

Bei genauer Sondierung dieses Themas fand ich aber, dass auch die Koalition nicht interessant ist. Bereits vor Wochen stand auf diesen Seiten, dass die neue Regierung

88

die alte Regierung sein wird, wozu also weiter darüber schreiben?

Was gab andererseits das internationale Thema ‚EU gegen Krieg im Irak' her? Auch nichts, wie sich diese Woche herausstellte. Die EU hat nämlich ein Organ, das etwas beschließt und fünf Staatsleute, die sich nicht an die Beschlüsse halten. Dazu kommen ein paar Nicht-EU-Staaten und schon gelingt es Europa, sich lächerlich zu machen.

Aber auch dieses Thema ist nicht wirklich interessant.

Mein Gott bzw. mein Nicht-Gott! Der Irak ist weit weg und wo gehobelt wird, da fallen Späne und wenn Saddam erst weg ist, dann wird sich Nordkorea zu Tode fürchten und alle Atombomben vernichten. So wird der Bush, der eigentlich Baum heißen müsste, zum göttlichen bzw. nicht-göttlichen Erlöser der freien Welt. Aber was hat das mit dem alten oder dem neuen Europa zu tun? Rein gar nichts.

Ich sondierte also weiter und fand endlich das Thema, das mit mir, der Welt, Gott und Nicht-Gott eine ideale Koalition eingehen wird: Hermann Maier! Denn dass dieser Mann großartig ist, darüber sind sich alle einig, sogar der Spiegel und mit ihm alle Intellektuellen aller Geschlechter. Und deshalb geht Kakanien eine Koalition mit Hermann Maier ein! Da kann gar nichts schief gehen!

3. Februar 2003

89

PS: „Da fragt sich der Laie natürlich, ob das mit Material-ermüdung zu tun haben kann," sagte am Samstag der ORF-Redakteur in der ZiB, als er vom Absturz des Spaceshuttle berichtete. Genau, kann ich nur hinzufügen. Denn wenn ich zur Reparaturwerkstätte gehe, sage ich niemals, dass meine Bremsen kaputt sind, sondern dass meine Bremsen Materialermüdung zeigen. So ist das, bei Gott und Nicht-Gott!

Von Bären, Schüssel und dem ORF

Die Millionenfrage der Woche lautet:
Warum sind zwei Pandabären in Österreich? Richtig, weil unser allerheiligster Bundeskanzler sich für diese Art der Einwanderung stark gemacht hat. So steht es auf der Homepage des Dr. Schüssel. Dort steht auch, dass das Bärchenpaar ein Symbol der Solidarität zweier schicksalsgebeutelter Nationen darstellt. Sowohl in China als auch in Österreich gab es nämlich, man höre und staune, eine Überschwemmungskatastrophe!

Wer so viel Unsinn übersteht, empfindet sogar ORF 1 und ORF 2 als Erholung. Zum Beispiel am vergangenen Samstag.

Auf ORF 1 spielt Axel Assinger einen schlauen Quizmaster. Der Mann war früher angeblich ein erfolgreicher Schifahrer und soll unter vier Augen gesagt haben:

„Olso gegan dos Quismastan woa dos Schifoahn direkt a intellektuelle Herausfoadarung." Hoffentlich sagt ihm niemand, dass zur gleichen Zeit Günther Jauch auf RTL zeigt, dass sogar aus einer solchen Sendung etwas zu machen ist.

Auf ORF 2 gab es das Kontrastprogramm für die weniger Anspruchsvollen: Hansi Hinterseer. Der Mann singt noch schlechter als Alex Amminger sich intelligent stellt und gilt daher als Schwiegersohn der nationalen Mütter.

Offensichtlich gibt es einen Geheimvertrag zwischen Schröcksnadel, dem Schiverbandsfürsten und dem ORF, dass Schifahrer nach Ende ihrer Karriere direkt übernommen werden müssen. Jedenfalls habe ich mir, mir war so nach Maso, beide Sendungen insgesamt 15 Minuten angesehen. Wer jemals an das Zeitalter der Vernunft geglaubt hat, ist danach bekehrt und wird praktizierender Misanthrop.

Aber ich will Sie nicht zu pessimistisch in die neue Woche entlassen, daher mein beharrlicher Hinweis auf den Kulturauftrag des ORF: Seien Sie guten Mutes, irgendwann gibt es auch im ORF eine Kultursendung. Wahrscheinlich schlafen wir zu dieser Zeit.

Schöne Arbeitswoche!

24. März 2003

PS: Bush jr. hat übrigens einen Krieg angeordnet. Aber darüber wird ohnehin in allen Radio- und TV-Programmen live und in aller Wahrheit berichtet.

Von Wahlen, Blitzen und Haschen

„Des is a Laund!" stieß Helmut Qualtinger hervor, wenn er Österreich ohne viele Worte beschreiben wollte. Der wunderbarste Kabarettist, den dieses Land bisher hervorbrachte, starb zu früh, wahrscheinlich an diesem Land. Glücklicherweise hat er die letzten österreichischen Regierungen nicht mehr erlebt, sonst wäre er erst recht gestorben.

Weil ich bereits im November 2002 mit meiner Ankündigung einer neuen schwarzblauen Regierung Recht behalten musste, vermied ich eine Prognose zur Wahl in Niederösterreich. Es ist auf Dauer unangenehm, immer die Wahrheit zu sagen, denken Sie nur an Kassandra.

Sonntag wurde im größten (flächenmäßig!) Bundesland Österreichs also gewählt. Der dortige Landeskaiser, bisweilen noch Landeshauptmann genannt, gehört der ÖVP an. Er weiß, dass seine Partei immer unbeliebter wird, weil sie nach den letzten Wahlen eine Koalition mit der FPÖ einging, wegen der sie vorher Neuwahlen beantragte. Interessanterweise wählte daraufhin mehr als die Hälfte des Volkes wieder diese Koalition! Schon das ist ein interessantes Phänomen, wenn die Österreicherinnen und Österreicher eine neue Politik wollen und deshalb von der FPÖ zur ÖVP wechseln, damit beide gemeinsam wieder jene Politik machen können, wegen der es Neuwahlen gab.

Dass nun aber ein ÖVP-Politiker gegen die Politik der eigenen Partei ÖVP auftritt und deshalb gewählt wird, das können nur mehr Mystiker verstehen. Unterstützung fand das Vorhaben, sozusagen gegen sich selbst zu sein – oder laut Nestroy zu fragen: ‚Wer ist stärker, ich oder ich?‘ – unter anderem von Hermann Nitsch und Marianne Mendt, also Menschen, die sich Künstler nennen und von denen man annimmt, dass sie zuerst denken, bevor sie reden. Noja, Schwamm drüber.

Weniger mystisch, dafür real absurd mutet es an, wenn im öffentlich-rechtlichen Rundfunk, der mit Steuergeldern finanziert wird, vor polizeilichen Radarfallen gewarnt wird. Wenn sozusagen der Staat vor dem Staat warnt. Man stelle sich vor, auf Ö3 wird im Stundenrhythmus bekannt gegeben, wo und wann Razzien gegen Drogendealer stattfinden. Eine Empörungswelle, die einem Vergleich mit der Sintflut gerade noch standhalten könnte, überflutete das Land! Und woran, glauben Sie, sterben mehr Menschen? An Autounfällen oder an Drogen? Genau! Des is a Laund!

PS: Der Krieg im Irak geht weiter, alle Kriegsparteien sind erfolgreich, nur ein paar Menschen müssen sterben.

31. März 2003

94

Von der Unendlichkeit

Die Grenzüberschreitung ist ein Thema von immenser Größe und so wollen auch wir die Grenzen Österreichs überschreiten, ungeachtet der Gefahren, die draußen, in der Weite der Gedanken, auf uns lauern.

„Lauernde Gefahren", wird der germanistische Kleinkrämer fragen, wo gibt es so etwas? Auf solche Einwände hören wir nicht, denn wo die Weite der Gedanken beginnt, da endet der Einfluss der Germanisten, dort kennen sie sich nämlich nicht aus. Genug der intellektuellen Sprachwindungen, hinein ins Thema: die Unendlichkeit!

Wer kennt sie nicht, die umgefallene Acht? Und den Wunsch, selbst unendlich zu sein, ewig zu leben? Glücklicherweise vergessen die meisten Menschen den Wunsch und widmen sich wichtigeren Dingen. Manche allerdings beharren, stur wie kleine Kinder, auf der eigenen Unsterblichkeit und handeln in diesem Sinn.

Die Harmlosen lassen sich nach ihrem Tod in große Tiefkühltruhen stecken und warten, gesponsert von Iglo-Eskimo und Mövenpick, dort auf die heilbringende Therapie. Andere werden Künstler und glauben, in ihren Werken weiterzuleben.

Die schlimmsten aber werden Politiker. Dann befreien sie die Welt von Tyrannen, sparen an Bildungsausgaben oder machen eine Pensionsreform. Egal was sie tun, es endet immer in einer Katastrophe, die von den nächsten Politikern mit einer neuen Katastrophe korrigiert werden muss. Und für wen machen sie das? Für den späteren Ruhm, für die Ewigkeit.

Wissen Sie, was das Komische daran ist? Es gibt gar keine Ewigkeit! In nur zehn Milliarden Jahren ist unsere Sonne weg vom Fenster! Zappenduster ist's danach und alle Künstler, Politiker und tiefgekühlten Leichname können sich bis in alle Ewigkeit ärgern.

Genauer gesagt: nicht einmal so lange.

PS: Ein bekannter Tiroler Bildungspolitiker hat mit einem bemerkenswerten Vorschlag aufhorchen lassen. Da bei weiteren Stundenkürzungen in vielen Gegenständen nichts mehr zu kürzen ist, weil sich die Gegenstände in Luft auflösen, tritt er für die Zusammenfassung von Gegenständen zu Gegenstandsgruppen ein. Zum Beispiel können alle Sprachen in einem Gegenstand ‚Sprachunterricht‘ integriert werden. Die vielen Stunden dieser Gruppe können wiederum leicht gekürzt werden! Die betroffenen Lehrerinnen und Lehrer sollen in einer gemütlichen Gruppe ausmachen, wer von ihnen mit wie vielen Stunden ausscheidet, unter dem Motto:

„Big sister Lisi Gehrer is watching you!"

7. April 2003

96

Die Informationsgesellschaft

Bevor der große Osterfriede ausbricht und Bush junior als Osterhase verkleidet vor die Fernsehkameras der Welt tritt, ein paar Anmerkungen zu einem der großen Irrtümer des neuen Jahrhunderts.

Knapp mehr als 60 Prozent der Amerikaner sind überzeugt, dass die Urheber des Attentats auf das World Trade Center durch den Sieg im Irak bestraft wurden. Mindestens genauso viele Amerikaner fühlen sich durch die Medien gut informiert.

Wir leben in einer Informationsgesellschaft?

Quatsch.

Wir leben in einer Gesellschaft, in der jeder einzelne in dem Glauben lebt, informiert zu sein.

Neulich erklärte mir mein Nachbar, wie man einen Komposthaufen anlegt. Er ist von Beruf Heizkesselbauer, hat aber eine Vorabendserie auf RTL7 über das Wesen von Bakterien angesehen und weiß seither Bescheid über biologischen Gartenbau.

Der Obmann des Kleingartenvereins Neurosental wiederum erklärte mir die politische Lage in Afghanistan und wie er die Lage dort unter Kontrolle bekommen würde. Leider lässt man ihn nicht.

Ein EDV-Techniker, der sich für die Vernetzung sämtlicher Krabbelstuben und Kindergärten in Österreich

97

einsetzt, damit schon unsere Kleinsten die Bits und Bytes per Schnuller einsaugen, hält das Internet für eine Brutstätte der Bildung. Immerhin, er verdient wenigstens an diesem Irrtum. Aber was macht der Rest der Bevölkerung?

Derzeit gute Miene zum bösen Spiel.

Aber das kann sich ändern. Hoffentlich.

14. April 2003

Osterfriede - Osterkrieg?

Heute gibt es die frohe Osterbotschaft: Der Krieg im Irak ist, so glauben es die USA, vorbei.

Hans der Große, genannt Enzensberger, erklärt in der FAZ, wie wichtig dieser Krieg war und wie gut es ist, dass die Amerikaner ihn ohne Eigeninteresse begonnen haben.

Der Mann, den die Regierung der USA im Irak einsetzen wollen als, ja, als was eigentlich? Präsident, Verwalter, Diktator? Also jedenfalls: Dieser Mann ist ein waschechter Iraker, der bloß seit 40 Jahren das Land nicht betreten hat. Zum Ausgleich hat er gute Verbindungen zu amerikanischen Erdölunternehmen. Aber es ging ja NIE, NIEMALS um Öl, IMMER um die heiligen Werte der amerikanischen Demokratie und der amerikanischen Menschenrechte!

Saddam Hussein wurde bisher nicht gefunden, dieses Schicksal teilt er mit Osama bin Laden. Und den vielen Massenvernichtungswaffen. Die wurden bisher auch nicht gefunden, komischerweise auch nicht eingesetzt, obwohl das doch der Grund war für den Krieg – ach, wir wollen nicht kleinlich sein. Hauptsache es ist Friede!

Peter Michael Lingens im Profil ist auch nicht kleinlich und gibt zu, dass er sich seit 40 Jahren nicht so geirrt hat! Er war gegen diesen Krieg und ist jetzt ganz begeistert vom amerikanischen Sieg. Glücklicherweise analysiert er alles von daheim, sonst wäre er nach dem Irrtum einiger anderer Menschen glatt tot gewesen!

Am 8. April 2003 bombardierten nämlich US-Truppen das Hotel Palestine, in dem sich, allgemein bekannt, ausländische Reporter befanden. Zwei Journalisten starben, drei weitere wurden schwer verletzt.

Einige Tage zuvor wurde das Gebäude des arabischen TV-Senders Al-Dschasira von einer Cruise Missile zerbombt.

Wenn sich der große österreichische Kommentator irrt, dann wird sich auch das amerikanische Heer ab und zu irren dürfen. Oder?

Friedliche Tage

21. April 2003

Kein Politiker lügt!

Das glauben Sie nicht? Dann werde ich es Ihnen beweisen!

Nehmen wir den weit über unser Land der Berge hinaus bekannten Bundeskanzler. Der versprach uns vor den vorletzten Wahlen als Vizekanzler, dass er auf der Stelle die Oppositionsrolle übernehmen würde, wenn seine Partei die vorletzte wird. Nun, das Unglaubliche geschah, die ÖVP errang den 3. Platz.

Was geschah?

Der baldige Bundeskanzler ging auf der Stelle in die Opposition. Auf jeden Fall geistig. Konsequent und stabil beharrte er darauf, sein Wahlversprechen zu erfüllen.

Was aber machten die anderen Parteien? Sie überredeten ihn, doch eine Regierung zu bilden. Also tat der Oppositionspolitiker, was er tun musste: Er wurde Kanzler. Aber nicht freiwillig, sondern weil man ihn zwang.

Denn der Bundeskanzler lügt nicht!

Nehmen wir den nach Hannes Androsch schönsten Finanzminister aller Parteien. Er versprach uns das Nullbudget für immer und ewig. Wirtschaftspolitik à la Keynes war ihm ein Gräuel, auch in schlechten Zeiten wird nicht von Staats wegen investiert, bloß weil wir ein paar Arbeitslose haben. Das war knapp nach seinem Wechsel von der FPÖ zu Magna und dem von Magna zur FPÖ und vor seinem Wechsel zur ÖVP Regierung. (Der Mann ist ein ganz toller Wechselspieler!)

Die Null gilt natürlich nur, wenn sie eine ‚ganze Null‘ ist, wie er, ganz höherer Mathematiker, feststellte. Nun wehrte sich die Null gegen solche Anmaßung und war zuerst hinter dem Komma keine richtige Null und wurde bald vorne auch ein bisschen mehr.

Was geschah?

Der Finanzminister sagt, dass in schlechten Zeiten eben mehr investiert werden muss. Das klingt nun wieder nach Wirtschaftspolitik à la Keynes. Lügt daher der Finanzminister?

Natürlich nicht!

Schließlich gilt lebenslanges Lernen auch für Minister, gerade für solche, die noch so viel zu lernen haben.

Denn der Finanzminister lügt nicht!

Nehmen wir unsere Frau Bildungsministerin, die immer so nett lächelt, wenn sie eine Fernsehkamera erblickt. Natürlich hat sie einmal ein Lob für Österreichs Schule übrig gehabt, notgedrungen fand sie dabei auch die Lehrerinnen und Lehrer nicht so übel.

Hat sie damals gelogen, weil sie nun weniger Unterricht verordnet?

Natürlich nicht!

Denn bei der ‚Wochenstundenentlastungs- und Rechtsbereinigungsverordnung 2003‘ (Achtung, der Na-

102

me ist keine Satire sondern Programm!) werden immerhin niemals nicht Sportstunden gekürzt.

Originalzitat laut Standard:

„Es waren 14, es sind 14 und es bleiben 14."

Naja, es sind in der Hauptschule doch 13 Stunden geworden, in der AHS-Oberstufe statt 10 Stunden 9 und in der Unterstufe statt 15 leider nur 14.

Hat die Frau Ministerin gelogen?

Natürlich nicht!

Genau so wenig wie damals, als einige schlimme Gewerkschafter aus der eigenen Partei ihr vorwarfen, dass die Stundenbelastung falsch berechnet worden sei.

Das Ministerium und ein Rechenfehler, das passt zusammen wie die Faust aufs Ohr!

Da kann die OECD noch so oft um Aufklärung bitten, weil da könnt' nämlich ein jeder kommen und überhaupt: Englisch wird schließlich schon in der Volksschule unterrichtet, ist das nicht toll?

Nein, nicht von englischsprachigen Menschen, sondern von Volkschullehrerinnen, die in ein paar Wochen per Seminar zum native speaker umgewandelt worden sind. Ja, so schnell geht das heute mit Hilfe der Gentechnik, ruckzuck und schon kann man den Kleinen Englisch in Reinkultur beibringen.

Wie?

Bei der ‚Wochenstundenentlastungsverordnung 2003‘ geht es nur um einen Vollzugsauftrag des Finanzministers?

Ungeheuerlich, dieser Vorwurf.

Das wäre ja gerade so, als ob die Frau Ministerin lügen würde!

In Wahrheit geht es um die Schülerin, den Schüler.

Weil eine Ministerin nicht lügt!

Nehmen wir als Letzten den ersten Nationalratspräsidenten, den heiligen Tiroler Khol. Er will den lieben Gott in die Verfassung integrieren, schließlich ist dieser kein Ausländer. Kann ein Mann wie Khol lügen, bloß weil er seinen Koalitionspartner einst als ‚außerhalb des Verfassungsbogens stehend‘ bezeichnete?

Natürlich nicht, weil der liebe Gott das Lügen verbietet!

Sehen Sie, jetzt sind auch Sie überzeugt.

Keine Politiker lügen.

Weil es in der Politik keine Lügen gibt. Sondern nur Notwendigkeiten.

Wer etwas anderes behauptet, lügt!

12. Mai 2003

Kein Politiker lügt - Teil 2

Vorige Woche wurde hier die überraschende These aufgestellt, dass kein Politiker lügt. Zum Beweis werde ich weitere Beispiele anführen, etwa den ehemaligen Bundeskanzler Deutschlands, Helmut Kohl.

Dieser Mann ist Politiker und daher ebenfalls einer, der nie lügt. Weil er nichts sagt, was überhaupt eine nahezu optimale Möglichkeit ist, nichts als die Wahrheit von sich zu geben. Vergangenen Montag – für zukünftige Historikerinnen und Historiker: Es war der 12. Mai 2003 – gab es eine Sendung namens Panorama in der ARD. Ein altmodischer Reporter, der anscheinend noch immer in dem Wahn lebt, die Welt aufklären zu wollen, fragte den Ex-Kanzler und nunmehrigen Abgeordneten der christlich-sozialen Partei, wofür er die € 300.000 bis € 800.000.- Honorar von Leo Kirch bekommen habe.

Zur Erklärung:

Leo Kirch ist Eigentümer eines Unternehmens gewesen, das nahezu ein Monopol für den An- und Verkauf von Filmen an deutsche Fernsehanstalten hatte. Leider ging das Unternehmen in Konkurs und so erfuhr die erstaunte Öffentlichkeit, dass der ehemalige Bundeskanzler Helmut Kohl zwischen den besagten 300.000 und 800.000 Euro kassierte. Allerdings wusste niemand, warum er dieses Geld bekommen hatte. Leo Kirch selbst meinte vor dem parlamentarischen Untersuchungsausschuss, es sei nicht wegen seiner kaufmännischen Fähigkeiten gewesen. Mehr sagte er nicht.

Und nun beginnt es in den Gehirnen der Menschen zu rattern. Hätte mir, denkt sich der Hafenarbeiter in Hamburg, Leo Kirch auch – der Hafenarbeiter ist bescheidener als der Bundeskanzler – € 100.000 als Honorar bezahlt, obwohl ich zumindest auch kein kaufmännisches Talent habe? Warum bezahlte Leo Kirch den Bundeskanzler, aber nicht die einfache Hausfrau aus Buxtehude, obwohl auch die nicht gut rechnen kann?

Rätsel über Rätsel, die der Bundeskanzler dem eifrigen Reporter erstmals so beantwortete:

„Das Geld habe ich bekommen, damit ich ein Gesicht wie das Ihre ertragen kann."

Nuja, das klang nicht sehr überzeugend und so ergänzte der Ex-Kanzler seine Ausführungen in etwa so:

Er habe das Honorar bekommen, damit er einen Fonds gegen ‚Vaterlandsverräter wie Sie und die ARD' gründen könne.

Vaterlandsverräter?

Das Wort kennen wir doch - wer hat das bloß verwendet?

Jedenfalls: Der ehemalige deutsche Kanzler hat nicht gelogen, weil er nicht gesagt hat, wofür er dieses Anerkennungshonorar bekommen hat.

106

Quod erat demonstrandum, wie die Lateiner gesagt haben:

Was zu beweisen war.

Und wer noch immer nicht glaubt, dass kein Politiker lügt, dem will ich zum Schluss die Geschichte vom Eurofighterkauf erzählen.

18 Eurofighter kosten in 10 Jahren 1.970 Millionen Euro. Dem Parlament hat die österreichische Regierung gesagt, dass diese Flieger 1.337 Millionen kosten.

Vereinfacht ausgedrückt, die Kosten sind jetzt um ungefähr 50 Prozent höher geworden.

Hat die Regierung gelogen? Natürlich NICHT!

Die 1.337 Millionen waren ohne Systemkosten gemeint, die 1.970 sind mit Systemkosten!

Alles klar? – Eben.

Eine Regierung kann gar nicht lügen, weil sie aus Politikern besteht, die per definitionem nicht lügen.

Und selbst wenn unser oberster Fluggendarm, der neue Verteidigungsminister aus dem Land der Adler, über Detailfragen nichts Genaues nicht weiß, wie der Standard vom 17. Mai berichtete, bleibt als Zusammenfassung nach Reinhard Mey:

Über den Wolken muss die Freiheit des Budgets grenzenlos sein.

Und: Kein Politiker lügt!

19. Mai 2003

107

Alle Politiker lügen - das ist die Wahrheit!

Nicht nur Peter Michael Lingens macht einmal im Jahrzehnt einen Fehler, sogar Kakanien irrt bisweilen. Dem Herausgeber ist das sehr peinlich und daher hat er seinen Redakteur verwarnt und ihm mit fristloser Entlassung gedroht, sollte sich das wiederholen.

Was war geschehen?

Bereits zwei Mal wurde hier die These vertreten, dass Politiker nicht lügen.

Das ist wissenschaftlich unhaltbar, wie der Standard vergangenen Dienstag meldete:

Neue Studie bestätigt: Politiker lügen!

Jetzt ist es offiziell: Nach intensiven Forschungen bestätigen Wissenschafter amtlich, dass Politiker lügen." (Originalzitat Standard)

Wer hätte das gedacht! Weder der kleine Mann von der Straße noch die große Frau in der Küche. Nicht einmal ich.

Wir alle waren sicher, dass unsere Politiker jedes ihrer Versprechen einhalten, niemals die Finger hinterm Rücken kreuzen und so ehrlich sind wie alle Apostel zusammen. Nun steht zu befürchten, dass wir gar kein Nulldefizit haben, sondern schon einen Gewinn und mit dem kauft unser Finanzminister seine Dienstautos und sein Haargel! Der Bundeskanzler will gar nicht verhandeln und unsere Frau Bildungsministerin interessiert sich gar nicht für die Bildung.

Was tun?

Glücklicherweise gibt es ein Rezept gegen die verlogenen Politiker:

„Der Lügen Hauptursache: gesteigertes öffentliches Interesse an Themen, die die Regierung lieber verschweigen würde. Würden Wähler weniger fragen, würden Politiker weniger lügen." (Ebenfalls Standard)

Mit anderen Worten: Wir haben es in der Hand, dass die armen Politiker nicht mehr so viel lügen müssen: Keine Fragen – keine Lügen!

Deshalb, liebe Leute: in Zukunft weniger fragen, dann wird auch weniger gelogen!

26. Mai 2003

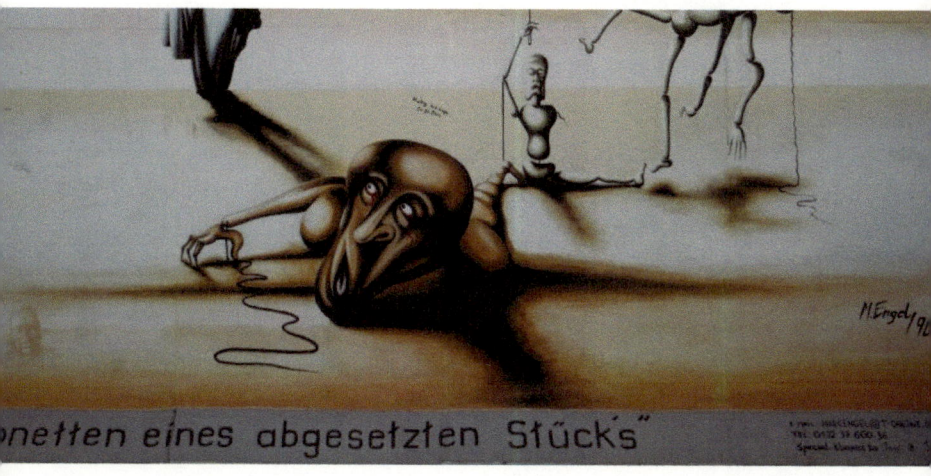

109

Die Fortschrittslüge

Matthias Horx, der tolle Selbstvermarkter, der dennoch etwas zu sagen hat, schreibt in der ‚Weltwoche' über die entzauberte Zukunft:

„Es ist gerade einmal dreieinhalb Jahre her, dass der Himmel voll utopischer Geigen hing. ... Nanoroboter schwammen durch verkalkte Adern und brachten Heilung von allen Krankheiten. Potenz-Joghurts und Brainflakes würden uns in immerjugendliche Energiebündel verwandeln. Alles wurde ‚intelligent': Kleider, Häuser, Software ..."

Sogar die Bomben wurden intelligent. Auf die vergaß Matthias Horx.

Recht hat er dennoch.

Der Fortschritt ist eine Lüge, solange er mit einem Mehr an Geschwindigkeit, einem Wachstum des Bruttonationalprodukts oder schlicht mehr Geld verwechselt wird.

Kein Mensch wird klüger, bloß weil die Festplattenkapazität seines Computers größer geworden ist oder er E-Mails verschicken kann oder weil er ein Chatprogramm beherrscht.

Der Nürnberger Trichter war eine Lüge wie das E-Learning eine ist. Und wie die wundersame Ernährung Hungernder in der 3. und 4. Welt durch Genmais.

Fortschritt gibt es durch politische Entscheidungen, etwa wenn das Volk sich erhebt gegen Ungerechtigkeiten. Siehe die Französische Revolution. Oder wenn kluge Politiker auf ihre Macht verzichten, siehe den Fall der Mauer und die langsame Demokratisierung in den ehemaligen „sozialistischen" Staaten. Oder wenn Politiker ihre Macht zum Vorteil ihrer Wählerinnen und Wähler nutzen.

Alle Phänomene – kluge Politikerinnen und Politiker und/oder ein zur Demokratie entschlossenes Volk – sind selten. Daher sollte der Begriff „Fortschritt" nur selten gebraucht werden.

Auf jeden Fall nicht, wenn es um Computer und E-Learning geht.

Erleuchtete Pfingsten

8. Juni 2003

PS: Österreich schickt 5 (in Worten: fünf!) Soldaten in den Kongo, damit dort endlich für Ruhe und Ordnung gesorgt wird. „Lauter so Burschn wia i", um mit Qualtinger und Travnicek zu sprechen. Endlich Friede in Afrika!

PPS: Gott kommt doch nicht in die europäische Verfassung – der Tiroler Kohl Khol ist verstimmt.

111

E-Learning triumphiert! – Nicht.

Nach einigen Rückschlägen im Bereich der E-Industrie (Elektronische Industrie) gelang nun ein großer Wurf. Bekanntlich hatte Josuah Angrist vom MIT (Massachusetts Institut for Technology) nachgewiesen, dass Computer in Schulklassen nichts bringen, wenn man von einem sinkenden Niveau in Mathematik absieht. Diese Aussage konnten selbst glühende E-Fans nicht als Erfolg verkaufen und so blieb nichts übrig, als die wissenschaftlichen Erkenntnisse einfach zu verschweigen.

Die fortschrittlichen Kräfte ruhten allerdings nicht, sondern vertrauten auf die Synergieeffekte mit anderen Industrien, um den Nürnberger E-Trichter endlich Wirklichkeit werden zu lassen.

Der bekannte und beliebte Schulversuch „Schreiben lernen mit dem 10-Finger-System" einer ersten Volksschulklasse bot sich als Experimentierfeld nahezu von selbst an. Die kleinen Menschlein hatten schließlich nicht nur das Problem, dass sie aus Zeitmangel keinen Buchstaben mit einem einfachen Bleistift malen konnten, sondern scheiterten auch an der Tastatur, dem bekannten Keyboard, das es leider nur für erwachsene Hände gibt.

Wo ein durch die Technik verursachtes Problem ist, dort stehen sofort Techniker bereit, es zu lösen. Schließlich gilt auch für die EDV das bekannte Prinzip von Karl

Kraus, das analog lautet: „Die Technik hält sich für die Lösung jener Krankheit, die sie selbst ist."

Wenn der Mensch seinen Maschinen nicht mehr genügt, muss er ihnen angepasst werden. Siehe dazu auch, um einen weiteren Literaturtipp loszuwerden, „Der antiquierte Mensch" von Günther Anders oder „Modern Times" von Charlie Chaplin.

Nicht die Tastatur ist zu groß, schloss die E-Industrie messerscharf, sondern die Hände der wissbegierigen Volksschüler sind zu klein. Einer konstruktiven Zusammenarbeit mit der Genindustrie stand nichts mehr im Wege und so kam es, wie es kommen musste:

Die ersten Kinder mit 7-fingerigen Händen wurden produziert! Sie können fast alle Buchstaben erreichen und es ist nur mehr eine Frage der Zeit, bis die Entwicklung von 16-fingerigen Händen abgeschlossen ist. Dann ist jeder Finger für einen Buchstaben bzw. ein Zeichen zuständig und es gibt keine Probleme mehr für flottes Schreiben im Kindergarten.

Vorläufig trübt nur ein kleines Problem den weiteren Erfolg der Technik: 70 Prozent der Kleinen bekommen einen unauflösbaren Knoten in ihre Fingerchen, wenn sie „Mama" schreiben müssen. An der Lösung wird weiter intensiv gearbeitet, schlimmstenfalls muss das Wort aus dem Lehrplan gestrichen werden.

16. Juni 2003

113

PS: Sollte jemand unter Ihnen sein, die/der gemobbt wird – es gibt gute Nachrichten! Laut einer Umfrage werden kreative, selbstbewusste Menschen gemobbt, die eine eigene Meinung haben. Na dann!

Kakanische Bildung

Politisch interessierte Menschen, gar wenn sie zugleich Lehrerinnen und Lehrer sind, kennen Herrn Fritz Neugebauer. Dieser ist **Vorsitzender der Gewerkschaft** Öffentlicher Dienst und gleichzeitig **Abgeordneter der ÖVP**, einer österreichischen Variante einer christlich-sozialen Partei, die derzeit Gesetze gegen gewerkschaftliche Interessen beschließt.

Vorige Woche stimmte der Abgeordnete Neugebauer für eine Pensionsänderung, gegen die der Gewerkschafter Neugebauer heftig protestierte. „Wenn es nicht **substantielle** Änderungen gibt, kann ich dieser Pensionsreform nicht zustimmen", sagte der Gewerkschaftsvorsitzende Neugebauer eine Woche vor der Abstimmung.

In anderen, fernen Ländern, wenn man von Pakistan oder Saudiarabien absieht, wäre das der Zeitpunkt, an dem sowohl die Gewerkschaftsmitglieder als auch die ÖVP-Regierungsleiter sagen würden: Lieber Fritz, entscheide dich – entweder Gewerkschafter oder Gesetzgeber gegen die Gewerkschaft! Beides geht logischerweise nicht, wenn die Interessen des einen sich von den Interessen des anderen unterscheiden.

Aber wir befinden uns eben in Österreich, also Kakanien, daher bleibt der Herr Fritz sowohl das eine als auch das andere.

Diese Erklärung ist für Besucherinnen und Besucher aus dem Ausland nötig, sonst verstehen sie nicht, warum unser Finanzminister sich eine Website basteln lässt, die von der Industriellenvereinigung bezahlt wird.

Die paar Seiten mit vielen Fotos aus der Kindheit des Herrn Ministers kosten angeblich die Kleinigkeit von € 150.000.- oder auch nur € 40.000.- und die Einrichtung des Büros den Rest, aber so genau weiß der Herr Minister das nicht, weil dafür ist sein Kabinettschef zuständig. Der hat nämlich einen Verein gegründet, dessen Vorsitzender er gleichzeitig ist. Dieser Verein bekam also die besagten € 150.000.-

Damit der Kabinettschef nicht weit zu gehen hat, ist der Vereinssitz seine eigene Wohnung. Das ist praktisch und widerspricht immerhin keinem Gesetz.

Nun muss allerdings, das sollte sogar ein Kabinettschef wissen oder es von seinem Chef, dem Finanzminister, erklärt bekommen, auch ein Verein Steuern zahlen. Wenn er gemeinnützig ist, dann entfallen ein paar, aber irgendwie fällt es schwer, die Homepage eines Politikers mit Fotos und anderem Blabla als gemeinnützig einzustufen, selbst in Österreich.

Aber, Sie haben es schon erraten: Steuern wurden keine bezahlt. Mit anderen Worten, ein Minister lässt sich etwas „schenken" und zahlt dafür keine Schenkungssteuer, keine Einkommenssteuer, einfach nichts. Und behauptet, alles sei korrekt.

116

Ehrlich gesagt, wenn mir als Lehrer jemand wie die Industriellenvereinigung € 150.000.- schenkt, dann habe ich das Gefühl, die oder der will etwas von mir. Es muss sich ja nicht gleich um Bestechung handeln.

Der derzeitige österreichische Finanzminister denkt sich dabei anscheinend gar nichts und denunziert die Erwähnung dieser Tatsachen als „Scherbengericht" gegen ihn. (Wenn er wüsste, wie Scherbengerichte in Griechenland ausgegangen sind, würde er sich vor diesem Vergleich wohl hüten.)

Und weil wir beim Denken angekommen sind, komme ich auf den Herrn Neugebauer zurück, diesmal als Gewerkschaftsvorsitzenden. Ich erhielt nämlich dieser Tage Post von ihm. Er schickte mir einen Bücherkatalog der Firma Pichler und dazu ein selbst verfasstes Vorwort.

„Nur eines ist teurer als Bildung: keine Bildung! ... In Zeiten ausgeprägten Sparwillens auch im Bildungsbereich setzt die Gewerkschaft Öffentlicher Dienst ein weiteres Signal für leistbare Bildungshilfen. ... erhalten Sie bei unserem Partner, dem Pichler Medienvertrieb, Bücher zu besonderen Konditionen."

Meine Freude war groß. Endlich Bildung zu niedrigen Preisen! Erregt atmend blätterte ich durch den Katalog.

Und fand:

Ärzte aus Leidenschaft – „10 Arzt-Romane im Sparpaket wie Rund um die Liebe - Bittersüße Liebesgeschichten mit viel Gefühl packend erzählt"

117

Heimatromane – „3 x 2 romantische Liebesgeschichten, Das Madl aus der Fremde, Die Herrgottsmalerin, Als ihr Traum zerplatzte"

Julia - das Kochbuch, – das Buch zur Serie

Hexengarten – Hexen ist keine Zauberei und kann leicht erlernt werden

Das Superbuch der Traumdeutung – nein, natürlich nicht die Traumdeutung von S. Freud, sondern schlicht der „Schlüssel zur Seele" und natürlich den Sargnagel aller Deutschliebhaber,

Thomas Brezina mit ausgewählten Werken wie Der Bumerang des Bösen, Das Zombie-Schwert des Sultans oder Kolumbus und die Killerkarpfen.

Aber auch Nützliches für Pädagoginnen und Pädagogen:

Gut drauf in der Schule – für EinsteigerInnen

Kinder nerven nicht – Science Fiction vom Feinsten

Selbstbewusst und richtig gut drauf – Sich selber gut finden. Ein Buch, das zweifellos unter Aufsicht des derzeitigen Finanzministers geschrieben worden ist, womit sich der kakanische Kreis schließt:

Kakanien bleibt jenes Land, das alle Widersprüche als Harmonie darstellt und sich wundert, warum so viele über es lachen.

23. Juni 2003

118

Die Chaosrepublik

Berlusconi, so sagen manche Beobachter, kauft sich einen Staat namens Italien.

Ist eigentlich schon ins österreichische Bewusstsein gedrungen, dass dieses Land ebenfalls gekauft wird? Nicht nur die Fußballbundesliga gehört einem Konzern, auch Politiker werden gekauft, etwa von der Industriellenvereinigung. Sie unterstützt Politiker, die ihre Ideen befürworten. Lobbying heißt das beschönigend bei Lorenz Fritsch, Präsident der Industriellenvereinigung, was hierzulande „Freunderlwirtschaft" genannt wird.

Othmar Karas zum Beispiel erhält von der Industriellenvereinigung eine Akademikerin „geliehen", die für ihn arbeitet.

Andreas Rudas – Gott weiß vielleicht, warum dieser Mann in der SPÖ Mitglied ist – arbeitet seit seinem politischen Ende ebenso beim Magna-Konzern wie der Ex-Bundeskanzler Vranitzky und das frühere FPÖ- und nun ÖVP-Fast-Mitglied Finanzminister Grasser.

Herr Hojac, Ex-FPÖ-Klubobmann ist irgendwas im Fußballverband, der wiederum irgendwie mit der Bundesliga zu tun hat, die Herr Stronach fördert, dem wiederum der bekannte Konzern gehört, zumindest ein bisschen.

Der Finanzminister, der so gerne von sich in der 3. Person spricht, hat angeblich ein Rückkehrrecht zum

Magna-Konzern und weiß nichts von den Aktivitäten des „Vereins zur Förderung der New Economy", obwohl der in erster Linie seine Homepage betreibt. Dort sind mittlerweile viele seiner Kinderfotos verschwunden, aber das hat natürlich nichts mit der Aufdeckung der seltsamen Finanzierung zu tun.

„Am Ende des Tages werden sich alle Vorwürfe in Luft auflösen", meinte der Minister (Standard, 24. Juni 2003, Seite 9). Also wenn er auch nichts vom Verein weiß, so weiß er immerhin, dass sich alle Vorwürfe auflösen. Seltsam, denkt sich der Nicht-Beteiligte: Da weiß einer von nix, aber dann, dass alles anders ist.

Wo haben die Herren – Frauen sind bisher selten so flexibel, aber das wird sich ändern, wenn sie auch ein kleines Machterl haben – ihre Moral gelassen? Wie? Die hatten nie eine? Gut möglich.

Ein Dankeschön in diesem Fall an alle Beamtinnen und Beamten, die trotz einer solchen Politik das normale Geschäft erledigen. Und eine Bitte für die nächsten Wahlen an alle Österreicherinnen und Österreicher: Bitte genauer schauen, welche Partei bei welchem Kreuzerl steht!

30. Juni 2003

120

Die Wörterflut

Die Durchschnittsgeschwindigkeit auf Österreichs Autobahnen liegt derzeit bei etwa 130 kmh. Seltsam, werden Sie sagen, wenn diese Geschwindigkeit gleichzeitig der Höchstgeschwindigkeit entspricht. Daraus lässt sich schließen, dass die meisten Autofahrer diese überschreiten.

Mag sein, aber viel schlimmer ist die ständige Zunahme an Wörtergeschwindigkeit. Autobahnen kann man meiden, aber das Reden gehört leider nach wie vor zu den grundlegenden humanen Ausdrucksformen.

Bisher hielt ich nämlich den flutartig auftretenden Wortschwall meiner Tochter für ein individuelles Problem. Dann hörte ich Arabella Kiesbauer! Gegen diesen Wörterfall hören sich die Sätze meiner Tochter an wie das leise, gemütliche Plätschern eines Waldbächleins. Diese Erkenntnis machte mich neugierig und so begann ich mit der objektiven Erforschung des allgemeinen humanen Verbaloutputs, um es unverständlich, also wissenschaftlich auszudrücken.

Die vorläufigen Ergebnisse deuten darauf hin, dass die allgemeine Sprechgeschwindigkeit, also die herausgepressten sprachähnlichen Silben pro Sekunde, in den letzten Jahren um etwa 40 Prozent gestiegen ist!

Als herausragende Wegbereiterin, als Verbalavantgarde sozusagen, gilt im politischen Bereich Susanne Rieß-Passer. Sie konnte bei einem Interview mindestens fünf nicht gestellte Fragen beantworten! Bundeskanzler Schüssel hingegen bringt es pro Interview bloß auf drei, während Alexander Van der Bellen so lange versucht, die gestellte Frage zu beantworten, bis die Sendezeit um ist. Kein Wunder, dass die Grünen erst einen Bundeskanzler stellen werden, wenn Eva Glawischnig Spitzenkandidatin ist.

Die gleiche Entwicklung ist bei Radio und Fernsehen zu beobachten. Dort gibt es Menschen, die offensichtlich nach der Anzahl der ausgeschiedenen Wörter bezahlt werden, so wie Zeitungsjournalisten nach Zeilen. Der Inhalt spielt dabei keine Rolle, es geht ausschließlich um Quantität statt Qualität.

Ein typischer Trialog – auf Ö3 reden bereits drei Menschen gleichzeitig in ein Mikrofon – kann dann aus Sätzen bestehen wie:

„Na, das haben wir doch schon immer gewusst, dass der XY ... hahaha ... also der ist doch immer so witzig ... hahahah .... Wie kommst du jetzt auf den XY? Warum nicht?" Und stundenlang immer so weiter, bis die Lautsprecher aus Mitleid kaputt werden.

Welche Maßnahmen können nun konkret gegen die grassierende Logorrhö, den Wortdurchfall, getroffen werden? Nicht viele.

122

Der psychoanalytische Ansatz (es handelt sich um eine frühkindliche Störung durch zwangsneurotisch reinliche Eltern, die ihr Kind zu früh aufs Topferl setzten) hilft kurzfristig genausowenig wie der verhaltenstherapeutische (die WortausscheiderInnen bekommen nach jeder Minute Schweigen ein Zuckerl in den Mund geschoben).

Bewährt hat sich jenes Gerät, das bereits unsere Großeltern gegen den Straßenlärm verwendeten: Ohropax.

Friede den Ohren!

7. Juli 2003

Mehr Sex, weniger Spaß

Wenn Politiker denken, staunt der einfache Mensch. Wenn aber die Frau Ministerin für Bildung (!) auftritt und etwas von sich gibt, dann sprudeln kluge Gedanken über das Volk hinweg wie die Niagarafälle.

Vor wenigen Tagen überforderte Frau Ministerin Gehrer – die lustige Lisi, wie sie von ihren wenigen Freunden genannt wird – wieder einmal das einfache Volk, als sie sachlich die brennendsten Probleme unserer Gesellschaft auf den Punkt brachte:

Jugendliche sollen nicht von Party zu Party rauschen, sondern mehr Kinder kriegen.

Die knappe und essentielle Zusammenfassung aller Probleme der westlichen Welt verblüfft ebenso wie das intellektuelle Niveau. Was wir brauchen, sind weder eine Konjunktur noch eine gerechte Verteilung des Reichtums, sondern mehr Kinder! Für die gibt es keine Betreuungsplätze und so können die Frauen endlich wieder dorthin zurückkehren, wo sie am liebsten sind: in die Küche. Dadurch sinkt die Arbeitslosenquote, weil Frauen wieder kochen und putzen statt zu arbeiten. So war's früher auch, und das war schließlich die gute, alte Zeit.

Leider fiel die Frau Frauenministerin Rauch-Kallat der Frau Bildungsministerin in den Rücken, obwohl sie bei derselben Partei ist, was wiederum typisch ist, weil Frauen

124

untereinander eben nicht solidarisch sind. Die Frau Frauenministerin findet es nämlich gut, dass die Jungen auf Partys gehen.

Wer soll sich da noch auskennen? Was soll man dazu sagen? Am besten gar nichts, aber das ist allen Politikern zuwider. Und so legte die Frau Bildungsministerin noch einen weiteren Gedanken nach und sprach davon, dass die Jugendlichen nicht dauernd an Ibiza und ihre Wohnungen in Lech am Arlberg denken sollen.

Da warf sich – endlich! – ein Mann in den Diskussionsring und verlangte die sofortige Besteuerung von Verhütungsmitteln, damit mehr reinrassige österreichische Kinder auf die Welt kommen.

So wird eine geniale Idee verwässert und die ÖVP-Jugend weiß jetzt gar nicht mehr, was sie tun soll! Aber warum diskutieren, wenn es eine einfache Lösung gibt?

Leute, macht endlich Sexpartys ohne Verhütungsmittel! Dann habt ihr's lustig und unsere Pensionsprobleme sind gelöst. Um Arbeitsplätze braucht ihr euch auch keine Sorgen zu machen, schlimmstenfalls legt die Frau Bildungsministerin für eure Kinder ein gutes Wort beim ORF ein und sie werden Sprecherinnen und Sprecher bei einer Nachrichtensendung.

Wetten dass?

1. September 2003

125

Anstieg des VEX (Verblödungsindex)

Ein Auszug aus den letzten Meldungen, die uns alle erreichten. Die Reihenfolge entspricht keiner Wertung!

Deutschland: Der Chef der Jungen Union fordert, dass über 80-jährige kein künstliches Hüftgelenk mehr bekommen sollen - außer sie bezahlen die Operation selbst.

Italien: Umberto Bossi löst das Flüchtlingsproblem, indem er vorschlägt, auf Schiffe mit Flüchtenden Bomben abzufeuern.

Schweiz: Eine Partei namens SVP erfindet den „unechten Flüchtling". Ausgehend von der Tatsache, dass in der Schweiz derzeit 6,8 Prozent der Asylanträge bewilligt werden, schließt die SVP, dass daher 93,2 Prozent Asylmissbrauch betreiben.

USA: Ein Muskelmann mit steirischen Wurzeln will Gouvernante von Kalifornien werden. Sein Programm: Terminator löst alle Probleme! Bush ist begeistert. Er will den totalen Sieg über den Terrorismus. Diese Wort kennen wir doch von irgendwo her ...

8. September 2003

126

Die Verälplerung Europas

Gestern haben die bayrischen Frauen und Männer ihren Stammeshäuptling gewählt – das Ergebnis ist überwältigend! 14 Jahre nach dem Fall der Berliner Mauer entwickelt sich die CSU zu einer staatlichen Partei, wie es die SED (Sozialistische Einheitspartei Deutschland) in der DDR einmal war. Leider trat die in Bayern nicht an, obwohl die CDU in der DDR sehr wohl antreten durfte, eine echte Ungerechtigkeit!

Aber gehen wir nicht so sehr ins Detail, fassen wir die Ereignisse der gestrigen Wahl zusammen:

60,7 % der Stimmen gingen an die CSU

19,6 % an die SPD

7,7 % an die Grünen

Das ergibt – Wahllogik ist nicht gleich Stimmenanteil – eine Zweidrittelmehrheit für die CSU, die dem Land daher sogar eine neue Verfassung verschreiben könnte. Gut, da müsste noch das Volk per Abstimmung gefragt werden, aber wer zweifelt daran, dass die Bayern auch der Einführung einer Monarchie mit dem König Stoiber zustimmen würden, wenn die CSU das will?

Eben.

Und so stehen wir staunend vor der Tatsache, dass ein ganzer Volksstamm die Demokratie per demokratischer Wahl abschafft. Allerdings wäre es der falsche Ansatz, das der CSU zum Vorwurf zu machen. Die macht bloß, was legitim ist: Sie sichert ihre Macht ab.

Aber was macht die Opposition?

Sie schläft den Schlaf der Ratlosen und redet sich auf die Regierung in Berlin aus. Die wiederum meidet das seltsame Land im Süden und tut so, als hätte sie nichts mit dem sogenannten Freistaat zu tun. Gerhard Schröder, Otto Schily und wie sie alle heißen: Im Wahlkrampf Bayern wurden sie nicht gesichtet.

Warum?

Damit sie sich in ein paar Jahren über die Existenz eines Berlusconi oder Haider in Deutschland wundern können?

Als wäre das alles nicht vorhersehbar!

Nächstes Wochenende wird in Tirol gewählt. Das ist ein kleines Bundesland eines kleinen Staates in den Alpen. Dort wird ebenfalls ein kleiner König gewählt werden, obwohl, im Gegensatz zu Deutschland, seine Partei in Wien an der Regierung ist. Auch in Tirol gibt es eine sozialdemokratische und eine grüne Partei, die beide mit mehr oder weniger fliegenden Fahnen untergehen werden. (Die grüne Fahne weht ein bisschen, die rote Fahne liegt in irgendeiner Baracke und niemand kann sie mehr halten.)

Gibt das jemandem zu denken?

128

Leider nein. Und deshalb ist der Vormarsch jener Kräfte, die für eine Ellbogengesellschaft statt für eine soziale Gesellschaft kämpfen, weiterhin nicht zu stoppen.

Europas Linke scheint auf ein Wunder zu warten, statt selbst etwas für ein Wunder zu tun. Vielleicht wäre es besser, sich über die Sorgen der Menschen zu informieren und ein Buch zu lesen. Ich empfehle zB Norman Birnbaum: Nach dem Fortschritt.

„Eine Gesellschaft ist kein Markt und Bürger sind keine Kostenfaktoren."

Wäre das nicht ein Ansatz?

22. September 2003

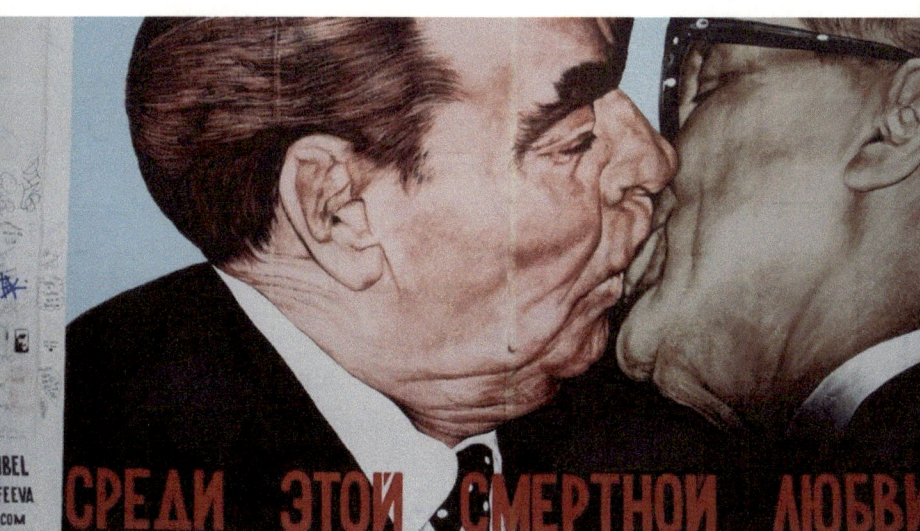

Gute Nachrichten aus Kakanien

Nachdem die Bayern und Bayerinnen voriges Wochenende die CSU sozusagen zur Staatspartei erklärt haben, gibt es aus zwei Bundesländern in Österreich, dem Kernland Kakaniens, gute Nachrichten.

Die kakanische Regierung spart seit Jahren im Bildungswesen, kürzt zukünftige Pensionen und erhöht das Pensionsantrittsalter, obwohl es zu wenige Arbeitsplätze gibt.

Zum Ausgleich gibt sie Geld für die teuersten Abfangjäger der Welt aus und verkauft staatseigene Unternehmen, die Gewinn erwirtschaften.

Neoliberalismus heißt das beschönigend, was in Wahrheit Rückzug des Staates aus seiner Verantwortung ist. Zum Vorteil von privaten Unternehmen, die dennoch ihren Standort wechseln, weiter in den Osten ziehen werden, wenn dort billiger produziert werden kann. Aber so viel Weitsicht hat die Regierung nicht oder, was wahrscheinlicher ist, die Zukunft interessiert sie nicht.

Gestern hat diese Art von „Politik", die sich selbst überflüssig macht, einen Denkzettel bekommen. Die kleine Regierungspartei FPÖ (= Freiheitliche Partei Österreich) wurde per Stimmzettel halbiert, die große ÖVP (= Österreichische Volkspartei) profitierte zu ihrer Ent-

130

täuschung davon kaum. Sieger waren in Oberösterreich die Sozialdemokraten und in Tirol die Grünen.

Da mag der Bundeskanzler in Wien noch so jubeln, dass die Landeshauptleute – das sind in Kakanien sozusagen die Länderfürsten – noch immer in schwarzer Hand geblieben sind, die Botschaft ist eindeutig: Diese Art von Politik neigt sich dem Ende zu.

Und so steigt die Hoffnung, dass sich Robert Musil in seinem Roman „Der Mann ohne Eigenschaften" nun endlich irrt:

„Kakanien war der Staat, der sich selbst irgendwie nur noch mitmachte."

Vielleicht wählen die KakanierInnen bald wieder eine Regierung, die selbst einen Staat macht, in dem sich Menschen wohlfühlen.

29. September 2003

Die sportliche Elite

Falls Sie im vergangenen Sommer Schiläufer gesehen haben, die ohne Schnee den Langlauf geübt haben, machen Sie sich nichts draus. Sie hatten keine Halluzinationen, sondern sind „Nordic Walkern" begegnet, der sportlichen Elite des Jahres 2003.

Das ist eine relativ neue Sportlergattung, die es mittlerweile auch southic (= im Süden) gibt. Ein „Nordic Walker" ist meistens ein übergewichtiger Stadtmensch, dessen Leibesumfang ihn am Laufen hindert. Damit ihn das nicht seelisch kränkt, hat die Sportartikelindustrie Expertinnen und Experten dazu veranlasst, das Gehen mit Schistöcken zum Gesundheitshit zu erklären. Seither keuchen Jungsenioren in Kleingruppen durch die Gegend, schlagen mit Stecken auf den Boden und finden das unheimlich vital. Vorher brauchen sie selbstverständlich eine kostenpflichtige Einführung durch akademisch ausgebildete Trainer, denn wer kann heute schon gehen? Noch dazu mit Stöcken!

Wer den Anblick der kleinen Horden albern findet, vergleiche sie mit jenen seltsamen Gestalten, die seit Jahren mit riesigen Taschen, als wären sie Mitglieder der Fremdenlegion, über Wiesen gehen. Im Gepäck haben sie keine Gewehre, sondern ganz, ganz viele Stöcke. Die benutzen sie allerdings nicht zum Gehen, das geschieht

132

hier noch freihändig. Diese Gattung bleibt vielmehr mitten in einer Wiese abrupt stehen, wählt dann sorgfältig einen Stock aus und haut mit ihm wild in den Rasen. Wenn sie Glück hat, trifft sie einen zufällig dort liegenden Ball und ist glücklich, wenn der weit weg fliegt.

Bequemere Individuen ziehen einen Anhänger mittlerer Größe hinter sich her und wirken auf die Entfernung wie antike Bauern beim Pflügen. Die modernen wieder lassen sich mit einem Auto durch die Wiese fahren. Kulturanthropologen werden bereits wissen, dass diese Tätigkeit „Golfen" genannt wird. Ursprünglich war das Spazierengehen im Kreis und mit Gepäck eine ausschließlich dem Geldadel vorbehaltene Tätigkeit, die unter dem Ausschluss der Öffentlichkeit durchgeführt wurde. Leider wurde Golfen immer mehr proletarisiert, so dass heute praktisch kein westlicher Haushalt ohne Golfstecken existiert.

Der VW-Konzern tat ein Übriges und nannte ein kleines Auto „Golf". Aus klassenkämpferischen Gründen folgte ein noch kleineres Auto, das der offensichtlich kommunistisch unterwanderte Vorstand „Polo" taufte. Seither sind Golf und Polo für jede geistige Elite eine unmögliche Art der Fortbewegung, aber ein Konjunkturfaktor der Freizeitindustrie. Keine Weide ohne Golfplatz, so lautet die Devise der Tourismusverbände, was immer mehr Kühe und Tierschützer auf die Palme bringt.

Was aber macht die wahre Elite?

133

Sie pflegt in der Arktis das Gletschergolfen, eine wahrhaft avantgardistische Freizeitbeschäftigung. Die Regeln sind einfach: Wer in eine Gletscherspalte fällt, scheidet aus. Sieger ist, wer als erster einen Eisbären erlegt. Natürlich mit dem Ball!

In diesem Sinne:

Auf in den Norden!

13. Oktober 2003

Liberale Wirtschaft

„Liberal" ist ein schönes Wort. Es riecht nach Freiheit und Selbstentfaltung. Eine liberale Wirtschaftspolitik muss positiv sein, daher „liberalisieren" westliche Regierungen derzeit auf Teufel komm raus. Ob Strom oder Eisenbahn, ob Telefon oder Post: Alle Märkte werden liberalisiert, also „freier".

Wir Konsumenten haben die Freiheit, aus vielen Anbietern einen zu wählen. Das macht das Leben billiger, weil Wettbewerb den Tüchtigen belohnt. Deshalb fliegen wir um 10 Euro nach London, telefonieren um 1 Cent ins Festnetz und bald schon werden wir unter 10 Bahnanbietern wählen können.

Die Freiheit ist liberal!

Das klingt so schön, dass man glatt darauf vergessen könnte, dass die Liberalität beim einzelnen Menschen aufhört. Rumänen gegenüber sind die europäischen Regierungen gar nicht liberal und die Türken sollen lieber zu Hause bleiben.

David Friedman, Sohn des berühmten Wirtschaftswissenschafters Milton Friedman, zeigt uns die (liberale) Zukunft noch deutlicher. Er will nicht nur Post und Co. liberalisieren, sondern auch Polizei, Militär und Gesetzgebung.

Ein netter Gedanke: Wir dürfen uns in Zukunft nicht nur unsere Polizeifirma aussuchen, von der wir beschützt werden, sondern auch unsere Parlament AG, die im Vorstand Gesetze beschließt, die wir in der Generalversammlung bestätigen. Je nachdem, für welches Unternehmen wir uns entscheiden, gibt es mal solche, mal solche Gesetze, an die wir uns halten. Und wenn uns etwas nicht passt, wechseln wir einfach den Anbieter.

Gut, die liberalisierten Unternehmen scheitern in den USA (Stromausfälle) und in Großbritannien (Eisenbahn), weil es bei „liberalen" Unternehmen leider um Gewinn geht, nicht um die Interessen der Bevölkerung.

Aber das macht nichts.

Liberal klingt zu schön, um mit der „Liberalisierung" aufzuhören!

20. Oktober 2003

Ächt tu matsch

Haben Sie gewusst, dass ein durchschnittlicher Haushalt Westeuropas 40.000 Gegenstände umfasst?

Ich habe die Aussage überprüft und bin derzeit bei Gegenstand Nummer 42.779 angelangt, einem nicht funktionierenden Wecker, der sich in der Lade meines Nachtkästchens versteckt hat. Nun befindet er sich im Restmüll, denn mir entkommt kein überflüssiges Ding!

Vor mir liegen noch Bade- und Arbeitszimmer, zwei höchst gegenstandsanfällige Räume. Das Badezimmer, weil es das Reich meiner Freundin ist, das Arbeitszimmer, weil es überwiegend von mir besessen und manchmal begangen wird.

Ich habe bei meiner Zählung keinesfalls die Richtlinien der Finanzämter beachtet und zum Beispiel nicht jede Stecknadel einzeln gezählt. Jedem Buchhalter stellt es bei solcher Lässigkeit die Schamhaare auf, aber ich dachte, so komme ich auf eine Zahl unter 2.000.

Weit gefehlt, selbst unter diesen lockeren Umständen fürchte ich, demnächst die 100.000er Grenze zu überschreiten. Wir haben nämlich noch einen Keller und einen Dachboden, von der Garage, in der sich zwei Schränke nebst einer Kiste befinden, ganz zu schweigen. Dabei hielt ich unseren Haushalt bisher für einen bescheidenen – wie schaut es erst bei Herbert aus, der einen

Stall gemietet hat, in dem er die Erinnerungsstücke aus seiner Jugend, sorgfältig inventarisiert, aufbewahrt?

Jedenfalls ist mir schlagartig klar geworden, warum selbst das Wochenende seit einigen Jahren nichts mit Erholung zu tun hat. Die angeblich immer länger werdende Freizeit wird immer mehr reduziert durch freiwillige Arbeiten wie Videoschnitt der letzten 100 Urlaubsfilme seit den 60er Jahren, Erstellung von CDs mit den fetzigsten Liedern der 80er Jahre und dazwischen setzen wir uns auch für ein paar Minuten zusammen, um locker und gemütlich miteinander zu reden.

Das verursacht jede Menge Stress, daher wird aus dem gemütlichen Gespräch schnell ein lang andauernder Streit, der unser Zeitmanagement fürs Wochenende über den Haufen wirft. Dazu das Piepsen der Handys, die unsere Kinder ständig bei sich haben, als würde ohne sie das ewige Feuer erlöschen – da fällt mir ein, ich habe die Kinderzimmer noch nicht durchgezählt! – egal, mir reicht es ohnehin.

Morgen kommt der Container für den Restmüll. Per Zufallsgenerator wird die Hälfte aller Gegenstände entsorgt, damit die Freizeit wieder zur freien Zeit wird. Ich lasse mich nicht länger von Gegenständen terrorisieren. Small is beautiful – Bescheidenheit ist schließlich der Anfang aller Vernunft. Schrieb Ludwig Anzengruber.

27. Oktober 2003

138

Das intelligente Grab

Vorgestern war Allerseelen, jener Tag, an dem Menschenscharen auf die Friedhöfe eilen, um der Toten zu gedenken. Wo viele Menschen sind, ist auch viel Geld unterwegs.

Was liegt also näher, als das Grab zu einem bedeutenden Geschäftszweig zu machen?

Voriges Wochenende meldete daher eine österreichische Tageszeitung:

„Mehr Intelligenz am Grab"

Unter dem Motto „Design für alle Ewigkeit" setzt sich der Schreiber für „die Bedürfnisse des Toten" ein. Das neue Grab ist kein langweiliger Granitblock, sondern ein technisches Wunderwerk, das sich selbst reinigt, also kaum Pflege braucht. Mit Hilfe von Solarzellen werden Monitore betrieben, auf denen etwa der Spruch des Tages steht. Auf diese Weise „kann auf die Individualität des Verstorbenen optimal eingegangen werden".

So ein Designergrab kann ab etwa 6000 Euro erstanden werden und ihre Bewohner können sich darauf freuen, dass sie zumindest nach ihrem Ableben etwas Besonderes sind. Mit demselben Betrag könnte man über den Entwicklungshilfeklub zwar die Berufsausbildung für 50 Mädchen in Sri Lanka unterstützen, aber dieser Vergleich ist natürlich kleinlich: Was bedeutet schon ein Beruf im Vergleich zur Ewigkeit?

So können wir uns daran erfreuen, dass nach der intelligenten Bombe und dem intelligenten Kühlschrank endlich auch das intelligente Grab unseren Alltag bereichert!

3. November 2003

PS: Der österreichische Innenminister Strasser fand gestern, Sonntag, ebenfalls intelligente Worte für Asylsuchende. Die werden derzeit von einem Asylantrag abgehalten, weil es für sie keine Quartiere gibt. Wie man das macht? Ganz einfach:

„Wir laden die Asylsuchenden ein, wieder in ihre Heimat zurückzugehen."

So der Minister in der Nachrichtensendung Zeit im Bild. Ob der Exkommunizierungsantrag für den praktizierenden Christen schon läuft?

Musik liegt in der Luft!

Und zwar überall. Ist Ihnen schon aufgefallen, dass man nicht einmal mehr in Ruhe aufs Klosett gehen kann? Jede Toiletteanlage, die auf sich hält, hat heute Lautsprecher mit permanentem Musikdurchfall. Da wird gejodelt, geträllert und gequäkt, dass einen Sehnsucht ergreift nach der guten, alten Zeit, als am stillen Örtchen bloß die Flatulenzen unbekannter Menschen zu hören waren. Die bemühten sich wenigstens, ihre Geräusche zu reduzieren, während gegen die jetzige Klomusik kein Kraut gewachsen ist.

Von „It's a rainy day" auf den Pissoiren bis Beethovens „Ode an die Freude" habe ich nahezu alles gehört, was mir auf die Nerven geht. „An einem Bächlein helle" fand ich zumindest originell, aber was, zum Teufel, hat der menschliche Recyclingvorgang mit der „Schicksalssymphonie" zu tun? Außer Sie leiden unter Verstopfung? Und ehrlich gesagt, unter solchen Umständen finde ich Haydns „Symphonie mit dem Paukenschlag" geeigneter. Aber das ist vielleicht Geschmackssache – Musik an allen Orten aber ist sicher schlechter Geschmack!

17. November 2003

141

Kein Verlass auf niemanden

„Die Menschheit stürzt, Lemmingen gleich, in ihr Verderben."

Welch wunderbare Metapher war das bis vor kurzem! Die Leserinnen und Leser sahen sich und ihre Artgenossen hinunterstürzen, in einen Abgrund ins Meer, wo Lemminge und Menschheit dann selbstverschuldet ersaufen. Genauso wie wir es im Film von Walt Disney gesehen haben.

Was müssen wir jetzt lesen?

Es gibt keinen Selbstmord der Lemminge!

Und auch der Zug der Lemminge gehört ins Reich der Fabel. In Wirklichkeit schwankt die Zahl der Lemminge beträchtlich, weil die Zahl ihrer Feinde ebenso schwankt.

Was für eine einfache, vulgäre, ja primitive Erklärung!

So banal ist also die Wirklichkeit: Statt der zu lyrischen Anfällen anregenden Wanderung der Lemminge eine simple Abhängigkeit der Lemminge von ihren Feinden!

Wo bleibt die Poesie? Auf der Strecke, wie immer, wenn die Wissenschaft zuschlägt.

Der Ökologe Benoit Sittler von der Universität Freiburg behauptet gar, Walt Disneys Film aus dem Jahr 1958 sei gefälscht – siehe Süddeutsche Zeitung vom 31. Oktober 2003.

Wenn das so weiter geht, deckt noch jemand auf, dass Donald Duck gar nicht lebt und Goofy die Erfindung eines Zeichners ist.

Wir leben in unsicheren Zeiten – auf wen ist da noch Verlass?

Natürlich auf Gott und den Kaiser!

Und deshalb bin ich wie Andreas Khol der Meinung, dass Gott in die Verfassung muss!

1. Dezember 2003

Es ist ein lustiges Land!

Billy Wilder erzählte in einem Interview, dass zwischen Pointen unbedingt eine bestimmte Zeit verstreichen muss. Das Publikum lacht nämlich bisweilen zu lange und so kommt es, dass es den nächsten Gag versäumt.

Die österreichische Regierung kennt dieses Gesetz nicht, hat aber das Zeug dazu, so viele Pointen abzuliefern, dass es nichts ausmacht, die eine oder andere zu überhören. Die meisten europäischen Regierungen sind diesen Witzattacken hilflos ausgeliefert, weil sie vor Lachen keine Luft kriegen.

Kaum ist die Peinlichkeit namens „Transitverkehr" unter drohendem Gefuchtel der Landeshauptleute zu Ende gegangen, da stimmte eine Kleinpartei, die wild mit Veto gegen den Beitritt Tschechiens in die EU gedroht hatte, wenn das Land nicht seine Beneschdekrete zurücknimmt, für den Beitritt zur EU. Zwei ihrer Abgeordneten durften mit „Nein" stimmen, aber das taten sie „nicht als Personen, sondern als Vertreter einer bestimmten Gruppe".

So erklärte das eine Funktionärin der Partei und geriet mit dieser Aussage in die Nähe der Wahrheit: Man stelle sich irgendeine Abgeordnete oder irgendeinen Abgeordneten als Nicht-Person vor, dann hat man ein exaktes Abbild der PolitikerInnen dieser Regierung.

Damit es nicht bei solch kleinen Hoppalas bleibt, gaben am Freitag zwei Vertreter und eine Vertreterin insgesamt drei österreichische Meinungen zum Thema Beistandspflicht im Falle eines Angriffes auf einen Staat der EU ab.

Der Innenminister ist für Beistand ohne Wenn und Aber.

Die Außenministerin ist für einen Beistand in einer Form, über die man diskutieren sollte.

Der Klubchef der kleinen Partei ist auch für einen unbedingten Beistand, fast wie der Innenminister, aber der Beistand kann ja unterschiedlich aussehen.

Ich bin fürs Daumenhalten!

Wann immer ein EU-Staat angegriffen wird, halten alle Österreicherinnen und Österreicher alle Daumen. Und die Fraktion Khol betet noch zusätzlich.

Da werden sich die Feinde aber ordentlich fürchten, wenn nicht gar in die Hose machen!

Und was sagt der Verteidigungsminister, werden Sie als Außenstehende vielleicht fragen? Hat der in Österreich nicht auch irgendwie mit dem Militär zu tun?

Der sagt wie immer nichts, weil es ihn nichts angeht. Schließlich hat er seit seinem Amtsantritt vor einigen Monaten die Koffer noch nicht ausgepackt und möchte gerne wieder in seine Heimat, nach Tirol. Denn dort gibt es die gefährlichen Schützen und die verteidigen jeden

Nachbarn, wenn er nicht weiter als 500 Meter entfernt wohnt.

Österreich bleibt das greise Land Europas mit den putzigen Kasperln. Hier findet der ehemalige Linke Günther Nenning ein ganzes ernstes Buch lang die Kronenzeitung für mindestens so wichtig wie die Mozartkugeln, hier hält sich eine Ministerin einen eigenen Fotografen und bezahlt ihn mit Steuergeld, hier wird alles zur tragischen Operette, zum Kasperltheater.

Und deshalb braucht sich diese Regierung vor nichts und niemandem zu fürchten: Denn den Kasperl kann schließlich, wie es in einem alten Lied heißt, „niemand darschlogn".

8. Dezember 2003

EU gescheitert – Saddam besiegt

Am 14. Dezember 2003 haben amerikanische Soldaten den Diktator Saddam Hussein gefangen genommen und nahezu zeitgleich scheiterte die Europäische Union an einer gemeinsamen Verfassung.

Seither rätseln politische Beobachter in allen Ländern über die Ursachen für beide Ereignisse.

Die einzig richtige Lösung lautet:

Die USA siegen, weil Österreich nicht Mitglied der NATO ist und die EU scheitert, weil Österreich Mitglied ist.

Betrachten wir diesen merkwürdigen Staat nämlich historisch, tritt klar zutage, dass die Keimzelle dieses Gebildes nicht die Familie (auch nicht der liebe Gott, lieber Herr Khol) war, sondern ein – Virus.

Dessen bedeutendste Wirkweise heißt Selbstzerstörung. Wo immer das Österreichvirus (inoffiziell auch Habsburgvirus genannt) auftritt, kommt es zu einer Reduzierung aller physischen und psychischen Aktivitäten.

Selbst ein widerstandsfähiger Mensch wie Claus Peymann hat ihn am eigenen Leib erfahren und konnte nur durch seine Flucht nach Berlin gerettet werden. (Er hat nicht damit gerechnet, dass in der EU Freiheit für alle Waren herrscht, logischerweise auch für alle Viren. Immerhin konnte er sich aus dem Zentrum der Gefahr zurückziehen.)

Zurück zur historischen Beweisführung:

Als die Habsburger noch ein Schweizer Adelsgeschlecht, möglicherweise eingewandert aus dem Elsass, waren, häuften sie Grundeigentum an, mehrten es unentwegt durch diverse Raubzüge und gehörten bald zu den erfolgreichsten Raubrittern – damals sagte man noch nicht Kapitalisten – Europas.

Den Schweizern gingen die Habsburger aber so auf die Nerven, dass sie einen Aufstand machten und die Fürsten rauswarfen. Das war so um 1300. Die Österreicher kamen erst 1918 auf die gleiche Idee, allerdings, weil die Sieger des 1. Weltkrieges ihnen das diktierten.

Kaum wurde Wien Sitz des Kaisers (1526), gingen die Troubles los: Türkenkriege jede Menge, Napoleon besetzt gleich zwei Mal Wien, das Österreichvirus gerät außer Rand und Band. Es gibt keinen Krieg, den dieses Land jemals gewonnen hat, ob es der gegen Preußen oder der gegen Italien war. Ja es stellt sich die Frage, ob Hitler letztlich an Österreich und nicht an der Sowjetunion gescheitert ist.

Die heutige Bundesregierung scheint eine Verdichtung der österreichischen Geschichte zu sein: Sie lächelt auf Teufel komm raus, tritt von einem Fettnäpfchen ins nächste und erinnert, trotz jahrzehntelanger Demokratie, immer fatal an Habsburg und Mariazell. Nicht nur, weil sie jede Auseinandersetzung verliert, sondern weil sie jede Niederlage als Sieg interpretiert. (Frage am Rande: War Don Quichotte auch ein Habsburger?)

Da mag, wie Österreichs Nachrichtenmagazin Profil befürchtet, die ganze EU über das Alpenland lachen, in Wahrheit hat das Virus bereits alle anderen Staaten infiziert, man denke nur an Polen und Spanien.

Wir können hier leider nicht weiter ins Detail gehen und verweisen deshalb auf den wissenschaftlichen Artikel von DDDr. Kringel „Flutschi, die österreichische Seele", der in dem grundlegenden Werk zu Österreichs wahrer Bestimmung (Erich Ledersbergers Wiener Brut) 1986 bei rororo erschienen ist. Dort werden die psychologischen Ursachen dieser Dementia Austriaca, wie sie von Medizinern genannt wird, genau erörtert.

Wir können hier nur mehr an Sigmund Freud erinnern, der in seiner letzten, unveröffentlichten Schrift zu Österreichs Seele bemerkte:

„Am Ebolavirus stirbt man rasch, am Österreichvirus geht man elendiglich zugrunde."

Dem ist nichts hinzuzufügen!

15. Dezember 2003

149

Der selige Koarl

Bald ist Weihnachten und da ist es kein Wunder, wenn ein Wunder geschieht.

Nein, wir sprechen nicht von Saddam Husseins Festnahme („We got him", sprach der amerikanische Befehlshaber im Irak, dabei hätte es heißen müssen. „They got him." Es waren nämlich die Kurden, die IHN hatten und nicht die Amerikaner. Aber da die Kurden noch keinen Staat und nicht einmal eine Demokratie haben, nützt ihnen das gar nix für kommende Wahlen und so haben sie den Saddam einfach dem Bush geschenkt. Der wird dafür nächstes Jahr wieder zum Präsidenten gewählt und somit zu einem lebenden Beweis, dass die Demokratie nicht unbedingt die Heimat der Vernunft ist.)

Ja, wir sprechen von Karl, dem Habsburg.

Der ist gerade selig gesprochen worden, weil er im Ersten Weltkrieg Kaiser war und zwar nicht die Gasangriffe gestoppt hat, aber immerhin einer venenkranken Frau das Leben rettete.

Und das Jahrzehnte nach seinem Tod!

Lachen Sie nicht, Sie haben schließlich keine Venenerkrankung.

In Wirklichkeit war es so, dass eine Frau geheilt wurde, weil der Kaiser Karl für sie gebetet hat. Oder so ähnlich.

150

Jedenfalls wurde die Dame geheilt, aber nicht gleich, sondern später, aber ein Wunder ist das jedenfalls.

Sagt jedenfalls der Papst und kann den Karl selig sprechen. Nun heißt's noch ein paar Jahre warten und dann wird aus dem Seligen ein Heiliger.

DER HEILIGE KARL.

Klingt das nicht wunderbar?

In Wien heißt es schon seit langem:

„Moch ma uns an Koarl!" Im Sinne von: Heute sind wir lustig!

Ich vermute, irgendjemand im Vatikan spricht Wienerisch.

22. Dezember 2003

PS: Die österreichische Regierung trat heute ein weiteres Mal als Kasperltheater auf, diesmal in Brüssel. Minister Gorbach durfte dort ganze 20 Minuten kundtun, warum er dagegen ist, dass nun alle LKW durch Österreich fahren dürfen. Diskussion gab's keine, die anderen Mitgliedsstaaten stimmten gleich geschlossen gegen den standfesten Vorarlberger.

2004

Die Pflaumenrepublik

Das neue Jahr beginnt mit einer guten Nachricht: Gehrer geht!

Diese Erfolgsmeldung stand im KURIER und in der gleichen Ausgabe sah man die ewig lächelnde Frau Ministerin mit einer Schar Kinder, die ein paar Minuten lang kritisch sein durften. Als der Fotograf weg war, lächelte die gute Frau nicht mehr und sagte, ganz Lehrerin, das Meiste sei falsch und die lieben Kinder sollten das nächste Mal besser aufpassen.

Auch die von ihr eingesetzte Zukunftskommission muss in Zukunft besser aufpassen, weil die hat auch was Falsches gesagt: Durchfallen ist ein Blödsinn und die Ganztagsschule wäre gar nicht so schlecht, auch wenn das eine Uraltidee der Sozis gewesen sei. In der störrischen Steiermark gibt es sogar einen Konservativen, der auch für die Gesamtschule ist. Der gehört aus der Partei ausgeschlossen, findet Gehrer insgeheim und denkt voll Freude an ihre Älpler im Westen. Die wissen genau, was sie sagen sollen:

Ja, Frau Ministerin, genau, Frau Ministerin, Sie haben wie immer recht, Frau Ministerin.

Leider sind nicht alle Menschen Tiroler und Vorarlberger, sonst wäre die Welt längst in Ordnung.

Immerhin sagen die Roten jetzt nichts mehr, weil sie immer bessere Werte in der Bevölkerung haben, seit sie so richtig drauflos schweigen. Das **Schüsselprinzip** ist eben überall erfolgreich.

Die Frau Ministerin schweigt leider nicht und hat gleich gesagt, durchfallen ist immer gut, weil sich Leistung lohnen soll und man sieht ja, dass Österreichs Schüler ganz vorne im Feld sind, nicht nur in Pisa, sondern in ganz Europa. Und wer gescheit ist, geht nicht auf Partys, sondern vermehrt sich freudlos und ununterbrochen zu Hause. Sie wisse das aus eigener Erfahrung.

Und deshalb musste Gehrer gehen.

Nein, nicht die Mama, der Sohn natürlich – weil er so tüchtig ist.

Er analysiert jetzt in Brüssel die EU, weil der dortige Adrowitzer physisch überfordert ist und es allein nicht mehr schafft. Wir ZiB-Zuschauerinnen und Zuschauer können uns jetzt nicht mehr an Stefan Gehrers schnellem Fingerlein erfreuen, der so oft auf dem Zettel einen unaussprechlichen Namen wie Maier suchen musste.

Schade, schade, aber was soll man machen: Dem Tüchtigen gehört die Welt. Und der Mama weiterhin das Ministerium.

11. Jänner 2004

156

Wir armen Alleinerzieher

Sehr geehrter Herr Fendrich,

wir haben voll Mitgefühl und Abscheu hören müssen, dass Ihre Gattin Ihnen für eine ganze Woche lang, knapp vor der Premiere Ihres epochalen Meisterwerks (nicht zu Unrecht stellen Sie sich auf eine (Schmerz)ebene mit Schubert und Beethoven) die Aufsicht über Ihre Kinder überließ. (You sure picked the right time, Andrea!)

Es muss die Hölle gewesen sein, einem 17-jährigen und einem 8-jährigen Kind Frühstück und Abendessen zuzubereiten, ihnen die Windeln zu wechseln und gleichzeitig vorzuhalten, wie gut man zu ihnen ist. Hier setzt nun meine Bitte ein: Im Namen aller alleinerziehenden Väter und Mütter wäre es sicher eine ganz, ganz große Hilfe, könnten Sie die Erfahrungen dieser Titanenleistung in einem Buch (vielleicht der Perlenreihe) weitergeben und wichtige Tipps geben. Oder noch besser, vielleicht spüren Sie ja auch ein Lied über diese Woche in sich ... das wär doch was, da würde man sich über viele Jahre beim Putzen und Versorgen nicht mehr so einsam fühlen!

In diesem Sinne „Kopf hoch, Reini" und mit solidarischen Grüßen

Wolfgang Tausig

19. Jänner 2004

157

Von Pferden und Käse

Neulich sah ich in Wien das Lipizzanermuseum. Natürlich nur von außen, man muss sich nicht jeden Unsinn gönnen. Allerdings fiel mir gleich ein, was unsere Regierung noch verbessern könnte. Da bin ich ganz progressiver Christkonservativer im Sinne des seligen Khol.

Warum nur Museen, Post, Wasser und Bildung privatisieren, dachte ich, warum nicht konsequent auch die Lipizzaner verwerten? Schönbrunn ist privat, die Eisenbahn soll es demnächst sein, dann steigen die Aktienkurse und unsere Pensionen und überhaupt wird alles gut.

Darum sollen auch die Lipizzaner mehr zu unserem Wohlstand beitragen! Zum Beispiel als Leberkäse! (Für unsere ausländischen Gäste: Fleischkäse!)

An jeder Ecke findet sich im schönen Wien ein Würstelstand mit vulgärem Schweinefleisch-Leberkäse, aber noch nirgends habe ich einen echten Lipizzanerleberkäse gefunden. Diese Lücke ist zu füllen, die Lipizzaner sollen, wie es sich für einen echten Österreicher gehört, über den Tod hinaus ihrer Heimat dienen.

Denken wir an den Erfolg, den die Mozartkugel weltweit feiert, obwohl nicht ein Stückchen Mozart in ihr ist. Und stellen wir uns vor, welcher Exportschlager der Lipizzanerleberkäse wäre, wenn ihm ein bisserl echter Lipizzanerhengst innewohnt!

Marketingmäßig könnte man zwischen reinem Lipizzanerleberkäse und Mischlipizzanerleberkäse unterscheiden, zwischen reinsortigem Lipizzaner Leberkäse und Lipizzaner-Cuvee.

Was dem Weinprofit zuträglich war, kann dem Lipizzanerkäse nur recht sein und so müssen unbedingt Jahrgang und Zuchtlage der Tiere eine gourmetmäßige Bedeutung erhalten. Es ist eben nicht egal für den Geschmack der Lipizzanerleberkäsesemmel, ob das Tier auf einem Südhang aufgewachsen ist oder überwiegend auf einem kalkhältigen Nordhang.

Österreich soll der Feinkostladen Europas werden, das war das Ziel der europäischen Gründerväter Vranitzky und Schüssel. Damit die beiden wenigstens auf irgendeinem Gebiet erfolgreich sind, muss der Lipizzanerleberkäse eingeführt werden.

Im übrigen bin ich der Meinung, dass Gott in die Verfassung gehört, und wenn er Schöpfung heißt! *)

*) Nachdem nicht einmal die Kirchen Gott in der Verfassung beim Namen nennen wollen, hat der Tiroler Jesusfundamentalist Khol die Schöpfung in die Verfassung reklamiert. Und wie grüßen wir uns dann? Grüß Schöpfung? Egal, alles ist schöner als der bloße gute Tag!

26. Jänner 2004

159

Z'sammhalten!

Die einzig lebende PowerPoint Präsentation der Welt, der österreichische Finanzminister Grasser, ist auf jeden Fall unschuldig.

Sagt ER. Und ER muss es schließlich wissen. Mit dem Homepageverein, der seine Kinderfotos veröffentlichte, hat ER rein gar nix zu tun, auch wenn sein Untergebener, pardon: Mitarbeiter im Ministerium gleichzeitig Obmann des Vereins ist. Alles reiner Zufall, sagt ER.

ER sei nicht einmal Mitglied in dem Verein, der IHN so lobt.

Na dann!

Böse Absicht ist aber, dass man ihm vorwirft, Geld von der Industriellenvereinigung bekommen zu haben. ER hat ja nix gekriegt und dass die Industriellenvereinigung für diesen Herrn Grasser wirbt, ist verständlich! Aber hätte zum Beispiel ICH rechtzeitig um Unterstützung für meine Homepage bei der Industriellenvereinigung angesucht, die hätten mir glatt auch € 175.000,00 überwiesen. Die sind eben freizügig.

Vielleicht auch € 190.000,00 oder € 250.000,00, was sind schon ein paar Tausender.

Also gut, es waren € 283.000,00, mit Zahlen kenne ich mich nicht aus, ich bin nur ein einfacher Finanzminister, ich meine: Schriftsteller.

160

Leider kam ich zu spät, weil ER früher da war.

Wer das einmal verstanden hat, wundert sich nicht, wenn die Tochter des Bundeskanzlers als Referentin im Bundeskanzleramt arbeitet und sich dort ein Taschengeld verdient. Laut Standard € 1.100.- am Tag.

Die Tochter ist im Normalberuf Schauspielerin und deshalb geradezu prädestiniert für das Thema „Konfliktmanagement und Kooperation". Das unterrichtet sie im „Lehrgang für Nachwuchskräfte des Bundes".

Der Papa wird's schon richten, des g'hört zu seinen Pflichten, wozu ist er sonst da? haben Gerhard Bronner und Helmut Qualtinger in den 50er Jahren gesungen. In dieses Jahrzehnt sind wir mittlerweile zurückgekehrt, es ist nur mehr die Frage, um welches Jahrhundert es sich handelt.

Aber die Frau Tochter macht das nur vier oder fünf Mal im Jahr, da kommt kaum was zusammen. Im Hernstein-Institut ist sie laut Kurier öfter tätig, so 50 Mal im Jahr. Dort kennt bekanntlich niemand den Bundeskanzler, woraus klar hervorgeht, dass es sich um keine Protektion handelt.

Die Frage ist nur: Wann schauspielert die Tochter?

Von ihrem Vater weiß man immerhin, dass er es ganzjährig tut.

2. Februar 2004

161

Vom Niesen und Nasenbohren

Wer immer das Taschentuch erfunden hat: Ein Mensch der Ruhe und Besinnung war es nicht.

Seit dieser Erfindung schnäuzt sich die zivilisierte westliche Welt dezent und versucht dabei, jegliches Gefühl zu unterdrücken. Die Zeiten sind vorüber, als noch laut und befreiend geniest wurde. Kaum jemand kennt mehr die erleichternde Wirkung eines kräftigen „Hatschiii", bei dem der Kopf in Vorfreude rot wurde und sich danach ein seliges Lächeln im Gesicht breit machte.

Anstelle dessen: mürrische Mienen und nieselnde Nasen, ein Glück nur für die Papierindustrie, die längst die leinernen Stofftücher vom Markt verdrängt hat. Und auch das Nasenbohren ist seit langer Zeit verpönt. Schon kleine Kinder werden von ihren Eltern streng darauf hingewiesen, dass dieser entspannende Zeitvertreib zu den schlimmsten Sünden gehört.

Kein Wunder, dass so viel Unterdrückung zu Widerstand herausfordert. Das Ergebnis sehen wir an jeder Kreuzung, in jedem Stau: Endlich allein hinter den eigenen zwei oder vier Türen entspannen sich viele und geben sich dem meditativen Nasenbohren hin. Waren es früher nahezu ausschließlich Männer, die versonnen ihre Nasen streichelten, hat auch hier die Emanzipation zugeschlagen.

Neulich beobachtete ich eine elegante Dame in ihrem Luxusauto, wie sie mit rot lackierten Nägeln nachdenklich ihre Nase von außen befühlte, zufrieden mit dem Daumen hineinglitt und ganz bei sich war. Aller Stress war von ihr abgefallen, sie sah nicht das Grün der Ampel und hörte nicht das Hupen der hinter ihr stehenden Autos. Ein Lächeln umspielte ihren Mund, sie war versunken in sich und die Welt.

Es sind diese stillen Augenblicke, die daran erinnern, dass wir das Glück im Kleinen finden. In diesem Sinn empfehle ich für eine schöne und beschauliche Woche den Ratgeber „Zen und die Kunst des Nasenbohrens".

9. Februar 2004

Die Unschuld im Land

Eine geistige Schleimspur zieht sich durch das Land. Auf ihr rutschen all jene aus, die glauben, die Republik Österreich sei ein ganz normaler Rechtsstaat.

Werch ein Illtum! In Wirklichkeit sind hier alle unschuldig oder zumindest Opfer. Manchmal sogar beides. Dieser Staat ist in seinen Grundfesten noch immer jene Habsburgmonarchie, in der ein Kaiser bestimmt, was Demokratie sein darf. Damit diese Regel hält, hat er einige Statthalter, die Bezirks- und Ortsfürsten ernannt, die in ihren Regionen den Monarchen spielen dürfen.

In Kärnten waren am Wochenende Wahlen zum Landtag, aber dem Volk, dem dabei die Nebenrolle des Wählers zukommt, wurde mitgeteilt, dass ein Landeshauptmann gewählt wird. Der steht laut Gesetz nicht zur Wahl, aber wen kümmert das schon? Der Hauptmann ist dort die gute Fee, die allen Pensionistinnen und Pensionisten jenes Geld zukommen lässt, das er ihnen vorher weggenommen hat. Und das Schöne dabei: Die Pensionistinnen und Pensionisten sind ihm dankbar dafür!

Österreich ist anders. Hier gibt es beispielsweise ein Fairnessabkommen zur Bundespräsidentenwahl. Eine Partei klagte nun die andere, sie habe ihr einen Werbeslogan „gestohlen". Das Schiedsgericht entschied sinngemäß, das sei zwar unfair, aber kein Verstoß gegen das

164

Fairnessabkommen. Daraufhin waren beide, Kläger und Angeklagter, sehr zufrieden und meinten, jeder hätte Recht bekommen.

Kabarett findet hierzulande täglich statt und nennt sich Politik. In Tirol wurde, in aller Strenge, der Hundeführerschein per Gesetz eingeführt. Er soll dem Schutz vor Angriffen aggressiver Hunde auf Menschen dienen. Wie es mit Gesetzen so ist: Sie werden nicht nur beschlossen, sondern treten auch in Kraft. Als dieser Zeitpunkt erreicht war, beruhigten Politiker sogleich, dass man natürlich nicht gleich die Hundebesitzer überprüfen werde. Jetzt sind alle zufrieden: Die einen haben ein Gesetz, die anderen die Versicherung, dass es nicht eingehalten wird.

Kein Wunder, dass hierzulande auch ein Finanzminister unschuldig ist, der Geld von der Industriellenvereinigung bekommen hat. Nein, falsch, er hat ja keines bekommen, sondern nur der Mann in seinem Vorzimmer und der ließ eine Homepage für seinen Chef machen. Woher soll der gute Minister wissen, was in seinem Vorzimmer geschieht? Und dass seine Kinderfotos, die des Finanzministers, plötzlich im Internet stehen?

„Huch", sagte der Wilderer, als der Jäger ihn mit einem Reh auf der Schulter erwischte: „Da ist ja ein Reh!" Ein typischer Fall von Unschuld, wie er in Österreich alle Tage vorkommt.

8. März 2004

165

Das Näpfchen der Woche

Waren die geneigten Leserinnen und Leser vor einiger Zeit noch der Meinung, kein Mensch könnte jemals das Fettnäpfchen des südlichen Landeskaisers übertreffen, der vor der Schildlaus im Joghurt warnte, die mit der EU zwangsläufig nach Österreich kommen werde, so überschlagen sich die Wettbewerbsteilnehmer in den letzten Monaten in Spitzenleistungen.

Etwa die Frau Zukunftsministerin, die den gegnerischen Präsidentschaftskandidaten, einen seriösen Herrn alter Schule, gegen den Prinz Charles wie ein anarchistischer Revolutionär wirkt, als „links-linken Kandidaten" bezeichnet.

Die Genossinnen und Genossen heulten ein bisschen auf, Herr Fischer fühlte sich geschmeichelt, die restliche Bevölkerung kicherte. Der erste Platz im Bewerb „ins Fettnäpfchen treten" schien schon so gut wie sicher, weil Frau Ferrero-Waldner nichts sagte, da tauchte wie ein deus ex machina der hiesige Innenminister auf.

Ihm gebührt das Näpfchen des Monats und möglicherweise wird er auch Jahressieger. Aber der Reihe nach, ganz ohne Satire:

Wie jeder Innenminister will Herr Strasser alle Menschen überwachen. Dazu bedarf es zum Beispiel vieler Videokameras. Die wünschte sich der Minister auf einer

Pressekonferenz und veranschaulichte die Vorteile wie folgt: ACHTUNG! KEINE SATIRE!

In Island gibt es viele, viele Überwachungskameras und niemand stört das. Im Gegenteil! Der Polizeichef lässt die Videos, damit alle alles überwachen können, sogar ins Kabel TV übernehmen und, man höre und staune, dieser Kanal ist der beliebteste in ganz Island!

Die Journalisten vernahmen die Botschaft und wunderten sich. Einer – ein typisch linkslinker Vertreter seiner Zunft – war skeptisch und informierte sich über diesen Fernsehkanal.

Den gibt es nicht.

Aber einen satirischen Film über die Gefahren des Überwachungsstaates. Womöglich, erzählt der Film, wird eines Tages ein wahnsinniger Polizeichef die Videos der Überwachungskameras in das Kabel TV einspielen.

Auf so eine absurde Idee können nur Künstler kommen!

Und nur ein Innenminister kann das für die Wirklichkeit halten. So hätte er sie nämlich gerne. Aber leider, noch ist's nur ein Film.

Trat der Mann wegen Unfähigkeit zurück?

Natürlich nicht. Durchhalten, heißt die Parole aller Politikerinnen und Politiker. Aber wie soll er den, na ja, Fehler ist ja übertrieben, also diesen kleinen Fauxpas ausbessern? Eine Nacht lang hat der think tank seiner Partei

167

überlegt, dann folgte die Erklärung: (ACHTUNG! TEILWEISE SATIRE!)

„Ich gratuliere dem Filmregisseur zu seiner Meisterleistung! Der Mann muss ein Genie sein. Wer sonst kann einen Minister, noch dazu einen österreichischen, so legen! Und außerdem werde ich in Zukunft jeden Film zu Ende ansehen.

Ja, dann kann in Zukunft nichts mehr passieren. Schlimmstenfalls muss ich die Gegner selbst mit der MP niedermähen, wie der kalifornische Senator, der früher als Kindergärtner gearbeitet hat. War der nicht auch in Russland bei der Polizei? Oder war das schon die geheime EU-Polizei?

Egal, selbst ein Minister kann nicht alles wissen. Wichtig ist, dass Sie mir und meinen Videokameras auch in Zukunft vertrauen können."

22. März 2004

168

Vom Heucheln

Ein Aufschrei des Entsetzens hallt über den blauen Planeten. Die Amerikaner, allesamt Verteidiger der Demokratie und der Freiheit, erniedrigen ihre Gefangenen, foltern sie, urinieren auf ihre nackten Körper und ... ach, so genau wollen wir es gar nicht wissen. Höchstens ein bisschen, damit wir was zum Gruseln haben. Uns empören können. Wir würden ja niemals so handeln.

Denn wie haben wir uns bisher den Irakkrieg vorgestellt? Einen mit Persil rein gewaschenen Krieg. Sauber und ordentlich. Totgeschossen werden darin nur böse Soldaten des noch böseren Saddam Hussein, der Rest jubelt und lebt von nun an in Freiheit. Mit den neuen Bomben werden ausschließlich Panzer getroffen, weil sie um Spitäler einen großen Bogen machen, es handelt sich nämlich um intelligente Bomben.

Ja, so erzählt man uns und warum sollen wir es nicht glauben? Wir haben damals auch nicht wissen können, dass es KZ gegeben hat. Warum sollen wir heute klüger sein? – Eben.

Wenn eine intelligente Bombe dennoch auf eine Schule fällt, muss sich darunter zwangsläufig ein Schutzbunker für böse Soldaten befinden. Dann müssen, leider, leider, ein paar Kinder sterben, ein paar Kranke, ein paar Alte.

169

Aber das sind Ausnahmen. Der Rest ist sauberes und ordentliches Töten, fast ohne Blutvergießen.

Nehmen wir den Fernsehbericht, in dem gezeigt wird, wie feindliche Soldaten als Schemen sichtbar sind und nach dem Schuss sich auflösen. Kein Blut ist zu sehen, kein Schrei zu hören. Ein sauberer Krieg.

Wenn unsere Soldaten Gefangene machen – auch das kommt vor, nicht alle werden vorher per Todesschuss aufgelöst –, dann werden diese ordentlich behandelt. Zuerst dürfen sie essen und trinken, dann befragt man sie, wie es unter zivilisierten Menschen üblich ist, denn wir wollen ja ein Vorbild für die Wilden im Nahen Osten sein und kein Schreckgespenst.

So haben wir uns das gedacht. Hat sich das jemand wirklich so gedacht? War irgendjemand so schwachsinnig, Kriege für sauber zu halten?

Dachte irgendjemand, ausgerechnet in diesem Krieg wird NICHT gefoltert, wird NICHT sadistisch getötet, werden Soldaten NICHT mit Drogen so weit gebracht, jeglichen Instinkt zu verlieren, um eine Scheußlichkeit nach der anderen zu begehen?

Ab in die Anstalt für Wahrnehmungsstörungen. Oder vor Gericht wegen absichtlicher Verleumdung der Wirklichkeit. Dazwischen gibt es nur mehr die Dummheit.

18. Mai 2004

170

Das heilige Wachstum

Heute feiern die christlichen Gläubigen wieder einmal – und wieder vergebens – die Erleuchtung. Vor vielen Jahrhunderten überkam die Apostel ja die Flamme des Heiligen Geistes und die Betroffenen waren forthin völlig von den Socken, weil von der Flamme des Geistes beseelt.

Ein paar Jahrhunderte danach muss objektiv festgestellt werden: Viel mehr Menschen als die 12 Apostel hat der Heilige Geist leider nicht erreicht. Wer eine ganz normale Zeitung aufschlägt, kann darin täglich Beweise dafür finden, dass die Dummheit exponentiell schneller wächst als die Vernunft.

Nehmen wir den Wirtschaftsteil, einen Bereich, in dem sich die Dummheit seit Jahrhunderten als wissenschaftlich logische Konsequenz tarnt.

Die Wirtschaft sind wir alle, heißt es dort beruhigend und Karriere ist mit Lehre genauso möglich wie mit reichen Eltern.

Natürlich ist das reiner Quatsch und weder bin ich die Wirtschaft, noch machen Lehrlinge Karriere. Unsere Wirtschaft ist nämlich, vereinfacht ausgedrückt, darauf angewiesen, dass viele Menschen eben KEINE Karriere machen.

Oder kann sich jemand eine Welt vorstellen, in der alle fleißigen Menschen eine Karriere machen?

Denken wir diese Annahme erleuchtet durch:

Wenn wir davon ausgehen, dass 50 Prozent der Menschen fleißig sind – ohnehin eine krasse Untertreibung – , würde das bedeuten, dass zum Beispiel 500 Millionen Chinesen und 4 Millionen Österreicher so viel Geld haben, dass sie sich je ein Haus, zwei Autos und eine Ferienwohnung kaufen.

Also 1 Milliarde und 8 Millionen zusätzliche Autos, 504 Millionen Ferienhäuser und ebenso viele Wohnungen. Dabei haben wir auf die Inder und Brasilianer vergessen und auf die Schwarzen in Afrika sowieso.

Wo sollen all diese Autos Platz haben?

Wo die Wohnungen?

Wo kommt das Öl für Heizung und Benzin her?

Und dennoch reden unsere PolitikerInnen und sonstigen Wirtschaftsmenschen von Wachstum, das die Arbeitsplätze sichert.

Der Heilige Geist ist an ihnen offensichtlich spurlos vorüber gegangen.

1. Juni 2004

Wo liegt Österreich?

„Die österreichische Nation dagegen ist als murrendes Volk entstanden: Immer wieder von fragwürdigen und unverstandenen Reformen aus der Ruhe des täglichen Treibens gebracht, von fortschrittlichen Erlässen und Gesetzen genervt, ... ständig mit neu zugereisten Nachbarn beglückt, bis der lästige Hof endlich weg war und man befreit ausrufen konnte: Mir san mir!"

Dieses Zitat stammt aus dem schönen Buch „Österreich für Deutsche" von Norbert Mappes-Niediek. Einem Buch, das nicht nur von Deutschen, sondern – eigentlich vor allem – von Österreicherinnen und Österreicher gelesen werden sollte. Kurz und spannend berichtet der Autor von jenem Land, das manche für eine nationale Missgeburt halten. Persönliches mischt sich mit Objektivem, und alles ist angenehm zu lesen.

Wie zur Bestätigung wählten am 13. Juni 2004 14 Prozent eine Liste namens HPM, die nichts anzubieten hat als „gesammeltes Murren". Programm der Liste Hans Peter Martin ist, dass man gegen die Spesenabrechnung des EU-Parlaments ist.

Und dann? Dann ist ... nix.

Es gibt nun zwei EU-Abgeordnete, die dafür gewählt worden sind, dass sie gegen zu hohe Spesen sind. Das ist, als gingen Lehrer in ihre Schulklassen und erzählten ihren

Schülern ausschließlich und monatelang, dass Ministerial-
räte zu viel Geld verdienen; als richte der Finanzminister
eine Kommission ein, weil die Gegensprechanlage am
Tor nicht funktioniert – na ja, unserem derzeitigen Finanzminister ist das tatsächlich zuzutrauen, siehe seine
Homepage. Aber unter ökonomischen Menschen ist so
etwas undenkbar.

Natürlich ist Kontrolle wichtig – aber dass auf Anhieb
14 Prozent für dieses Miniprogramm stimmen und damit
mehr als, beispielsweise, für die Grünen – das ist doch
etwas verwunderlich.

Ganz Schlaue werden sagen: Kein Wunder, bei den
Themen der anderen Parteien, Freiheit, sozialer Friede,
Denkzettel, nette Cartoons.

Also doch ein Akt der Rebellion? Oder einfaches Aus-
setzen des Denkorgans?

„Nidda mit die Buschoasen! Hoch die Republik. Ich
hatte Lust zu rufen: Hoch die Palatschinken, Nieder mit
den Tatschkerln!" wollte der Wiener Literat Anton Kuh
einmal ausrufen, als er die Slogans politischer Gruppie-
rungen auf einen gemeinsamen Nenner bringen wollte.

Dem kann ich mich anschließen,

21. Juni 2004

174

Kulturhauptstadt Innsbruck

Was lange währt, wird endlich gut. Diese Volksweisheit trifft auch auf Innsbruck, Provinzzentrum der Alpen, zu.

Seit Jahren versuchen die hiesigen StadtpolitikerInnen, Weltspitze zu werden. Wo, ist ihnen egal. Nun gelang ihnen ein Spitzenplatz auf dem Gebiet

„Lustige Meldungen aus der Kulturpolitik".

Innsbruck bewirbt sich als Kulturhauptstadt Europas!

Politik ist, wenn man trotzdem lacht und so wanden sich die örtlichen Kulturschaffenden in Lachkrämpfen am Boden. Blut floss nur bei einem Aktionskünstler, der auf diese Weise den Zusammenhang zwischen Blut und Boden materialisierte.

Das Bierstindl, ein tatsächlicher Ort der Kultur, kämpft Jahr für Jahr ums Überleben, dem Treibhaus wird ein Open Air Konzert verboten, das immerhin zum sechsten Mal stattgefunden hätte. Es sei zu laut. Wer immer dieses Argument akzeptierte, er möge einmal eines der vielen Bierzeltfeste besuchen.

Alle anderen Kulturplätzchen sind sowieso schon geschlossen oder befinden sich im permanenten Dornröschenschlaf ohne Hoffnung auf einen Prinzen.

Die KulturpolitikerInnen aber verkünden mit einem Ernst, der nur noch von Buster Keaton übertroffen wurde, dass Innsbruck Kulturhauptstadt Europas werden soll. Ein Konzept werde man auch noch ausarbeiten.

Man sieht, hier sind Profis am Werk!

Und damit das Ansuchen bewilligt wird, hier die entscheidenden Tipps:

Man setze vor jedes passende Hauptwort die Präambel „Kultur" und ein Event dahinter. Dann muss es klappen!

Wenn schon keine Olympischen Spiele, dann wenigstens Kulturhauptstadt!

- „Kultursprungschanze" – Springer aus aller Welt rezitieren beim Sprung Traklgedichte.

- „Kulturstadion Tivoli" – Zwei Mannschaften aus elf Spielern singen Landeshymnen gegeneinander. Die Texte dürfen natürlich nicht verändert werden, sonst kommt der Staatsanwalt.

- „Kulturbahnhof Innsbruck" – Alle Ankömmlinge bekommen Lederhose oder Dirndl (je nach Geschlecht) und ziehen sich am Bahnsteig um. Eine Videokünstlerin filmt das Ganze und bringt es im „Kultureinkaufszentrum Sillpark" zur Aufführung.

- „Kulturbahn Hungerburg" – Bildende Künstlerinnen und Künstler dürfen sprayen, was das Zeug hält.

- „Kulturseilbahn Patscherkofel" – Obdachlose übernachten in den Waggons und bekommen gratis Getränke von der Lebensmittelkette „Kultur Spar Preis". Regie: Christoph Schlingensief.

176

- „Kulturfeuerwehr" – Die Freiwillige Feuerwehr treibt alle passiven Einwohner mit Wasser aus ihren Wohnungen, damit sie aktiv an der Kulturhauptstadt teilnehmen.

- „Kultureisstadion" – Katharina Witt singt beim Eislaufen Richard Wagners Lohengrin und entkleidet sich dabei.

- „Kultur FUZO (= Fußgängerzone)" – Der herrliche Brunnen wird mit Tiroler Alpquellwasser gefüllt und müde Kulturbesucher dürfen um € 1,00 gratis daraus trinken.

- „Goldenes Kulturdachl" – Alle extrem Kulturinteressierten stellen sich auf dem Balkon unter dem Dachl auf. Die Restplätze werden von Kulturpolitikern bevölkert.

- „Kulturzoo" – Künstlerinnen und Künstler mischen sich unauffällig unter das Tiervolk. Wer sie erkennt, bekommt den Kultur Hauptstadt Preis.

ACHTUNG! Alle Ideen sind hiermit und ausdrücklich geschützt, © Erich Ledersberger

28. Juni 2004

177

Das hat mein Thomas nicht verdient!

Der österreichische Bundespräsident Thomas Klestil starb vier Tage vor dem Ende seiner Amtszeit. Darauf folgten Artikel, Fernsehberichte, Ansprachen sonder Zahl, die in ihrer Heuchelei kaum zu übertreffen waren. Sogar der Bundeskanzler jener Regierung, die von Klestil mit eiserner Miene und prophetischem Untergangston angelobt wurde, wusste plötzlich zu berichten, wie toll dieser Mann gewesen ist.

Die Kronenzeitung, dieses weltweit einzigartige Exemplar eines Papierstoßes, der sich als Zeitung ausgibt, verzichtete tagelang auf die Nackte von Seite Sieben. Eine Selbstgeißelung, die es ansonsten nur zu Ostern und Weihnachten gibt. Thomas Klestil, der Bundespräsident mit großen Ambitionen und geringer Wirkung, geriet in die Nähe von Christkind und Tod des Erlösers.

„Thomas war immer mein Vorbild",

soll laut Kronenzeitung der Ex-Body of the world, Arnie Schwarzenegger, gesagt haben. Ob er damit den Gruppensex gemeint hat, dem Arnie sich laut Medien früher gewidmet hat oder die Scheidung von Edith, bleibt ungeklärt.

Jedenfalls war die Freundschaft so tief, dass

„ich völlig unangemeldet in der Hofburg angeklopft habe und vom Thomas herzlich empfangen worden bin."

178

(Kronenzeitung vom 11. Juli 2004, Seite 13)

Das kann unsereins nicht passieren, wir haben eben die falschen Freunde!

Kein Putin, der unsere zurückgebliebene Frau tröstet, kein Kardinal, der uns nachruft

„Österreichs Dank ist mit dir!"

Auch keine Kronenzeitung, die mit der einzig christlichen Botschaft uns zuruft:

„Es gibt nur eine Witwe"

Wodurch wieder einmal die Überlegenheit des Christentums über den Islam bewiesen ist, denn dort gibt es ja bis zu vier Witwen! Bei uns ist der Tod bloß

„unerbittlich und kennt weder Rang noch Namen. Aber nicht ein anonymes Nichts wird uns umfangen, sondern wir werden der Fülle des Seins, unserem Gott, begegnen. Gott belohnt das Gute, da Er selbst das Gute ist. ... Er bestraft aber auch das Böse, da dies Seinem Wesen völlig widersteht. "

(50 Zeilen mit Gott von Christianus, Seite 12)

Was immer Christianus, der angeblich im Zivilleben Kurt Krenn heißt und Bischof von Sankt Pölten ist, damit gemeint hat:

Das hat sich Thomas Klestil nicht verdient!

Schon eher den Satz von Erhard Busek, den dieser zu den Staatstrauertagen gesagt hat (Seite 7):

„Eine barocke Verlogenheit Österreichs. "

Aber sicher! Die Wahrheit war nie etwas, dem dieses Land besonders gefrönt hätte.

179

Derzeit besonders nicht in Sankt Pölten, der Heimat des Kurt Krenn. Dort wurde dieser Tage bekannt, dass im Priesterseminar geküsst wird, dass die Zungen schnalzen.

Nein, mit Homosexualität habe das nichts zu tun, weiß Kurt Krenn:

„Sie gaben sich den Weihnachtskuss."

Ach ja, der Weihnachtskuss! So sieht der also aus.

Dann hatte Bill Clinton tatsächlich keinen Sex mit Monica Lewinsky, Kardinal Groer wusch ohne Hintergedanken die süßen Zumpferln von kleinen Buben, das Zölibat ist eine Forderung Gottes und ich bin eine männliche Jungfrau.

Aber sagen Sie das bitte nicht meinem Freund, der hält Sie sonst für verrückt.

19. Juli 2004

Macht macht klug

Die Hundstage sind vorüber, die europäische Politik dümpelt vor sich hin, da muss die Wissenschaft in die Bresche springen und Sensationelles von sich geben:

„Macht fördert Intelligenz" meldete die Süddeutsche Zeitung am 10. August 2004.

Wissenschafter haben herausgefunden, dass Ratten in Führungspositionen immer klüger werden, ihre Gehirnzellen wachsen nachweisbar schneller als die von normalen Ratten.

Betrachten wir nun unsere menschlichen politischen und wirtschaftlichen Führer, also Bush, Berlusconi, Blair und least and last Kanzler unser Schüssel:

Was können wir lernen?

Ergebnisse von Rattenversuchen sind eindeutig nicht auf Menschen übertragbar.

23. August 2004

181

Politikerstadl eröffnet!

Kaum schließt sich das Sommerloch, schon beginnt der Fasching. Erraten, die Politiker sind wieder da!

Vorgestern mit einem Foto in der Tiroler Tageszeitung, das einen Kanzler mit Ziehharmonika, eine Ministerin mit Querflöte und einen Klubchef mit Gitarre zeigte. Alle lachten, dass sich die Objektive bogen und sangen ein fröhlich Lied. Als Zeitungsleser konnte ich es glücklicherweise nicht hören, aber wahrscheinlich klang es wie

„Ana hot imma des Bummerl,
ana muaß imma valiern.
Mia hobn hoit niemals des Bummerl,
mia kennan niemals valiern".

Oder so ähnlich.

Als Politiker hat man es immer lustig, vor allem dann, wenn der Gegner SPÖ heißt. Da kann man gleich beide Rollen spielen: Regierung UND Opposition.

Da fordert zum Beispiel der ÖAAB (das ist die ÖVP-Arbeitnehmerorganisation), dass 45 Jahre genug sind für eine Pension ohne Abschläge und die Regierung sagt: Kommt nicht in Frage.

Lustigerweise sind das dieselben Menschen. Das macht aber nichts, weil das eine Mal spricht eben der Arbeitnehmervertreter aus dem Politiker, das andere Mal der Minister oder Klubchef. Wenn schon in Goethes Faust zwei Seelen wohnten, warum nicht auch in einem Politiker? Der ist auch nur ein Mensch.

Darum können in dieser Partei einige die Gleichstellung der Homosexuellen verlangen und andere dagegen sein, einige für die Privatisierung der Telekom und andere nicht, einer die Gesamtschule fordern, ein anderer das Gymnasium als Eliteanstalt fördern. Wenn die Opposition ihre Aufgabe nicht erfüllt, dann muss eben die Regierung in die Bresche springen und sich selbst widersprechen.

Kein Wunder, dass der Kanzler so fröhlich ist!

30. August 2004

Alles harmonisch!

Ein politischer Splitter aus Österreich, denn hier herrscht allerorten das, was anderweitig vermisst wird: Harmonie.

Vor wenigen Tagen stopften einander die Mitglieder der Regierung gegenseitig Trauben in den Mund, küssten alles, was sich nicht wehrte, mit einer Inbrunst, die einer guten Sache durchaus entspräche und waren ansonsten harmonisch, dass sich die Balken bogen.

Alles klar auf der Andrea Doria. Oder so.

Und das Neueste, das wie das Alte aussieht, lautet ungefähr so:

Ein FPÖ-Sekretär von Staats wegen und für Sport (Schweizer oder so) tut kund, wie Sport unterrichtet werden soll:

„Sport muss einen Funfaktor haben." (Standard vom 8. September 2004)

Wenn das Churchill hören könnte. Naja, jedenfalls hat der Herr Sekretär einen Funfaktor, das muss fürs erste reichen.

Jedenfalls danke, Herr Sekretär!

Der Bundeskanzler Schüssel wiederum, aus fremdem Unvermögen endet seine Amtsperiode frühestens 2010, ist glücklich:

Die Pensionen sind harmonisiert!

Sogar die Schwerarbeiter wurden berücksichtigt: 12 Monate gelten bei ihnen wie 15 Monate bei Leichtarbeitern. Leider wurde noch nicht gesagt, wer ein Schwerarbeiter und wer ein Leichtarbeiter ist. Sicher ist, dass Lehrer Schwerarbeiter sind:

„Lehrer als Schwerarbeiter" lautete die Schlagzeile einer Gewerkschaftszeitung im April 2001. Immerhin ist der oberste Boss dieser Zeitung der ÖVP-Abgeordnete Neugebauer. Na, da wird sich der Schüssel noch wundern!

So viel Harmonie herrscht in der Literatur nicht. Dort will der alte und gute Günther Nenning einen Austrokoffer (Achtung, kein Scherz!) packen, in der die österreichische Literatur unter dem Ehrenschutz des Kanzlers patriotisch verwurstet wird.

Kurz nach dem Bestseller des Genossen Nenning über seinen Arbeitgeber, den Herrn Dichand vulgo Kronenzeitung, ein weiterer Knüller?

Nix is fix, denn die Autoren wollen nicht als Kofferfutter agieren und sagen dem guten Günther dauernd ab. Der versteht die Welt nicht mehr, weil er doch immer nur das Gute und keiner es haben will.

Typisch! Überall Harmonie, nur die Kunst ist wieder einmal dagegen!

13. September 2004

185

Die Jubeldecke

Feste feiern ist an sich schön. Fragt sich nur, was unter der Jubeldecke alles verborgen wird: Jugendarbeitslosigkeit etwa, Pensionskürzungen, schlechte Bildungspolitik und vieles mehr. Also jede Menge.

Um das zu vergessen, muss ordentlich gejubelt werden. Da kann sogar die „österreichische Literatur" plötzlich interessant werden. Oder „Österreichisches Deutsch" in die Verfassung reklamiert werden. Warum übrigens nicht auch ein „Tiroler Deutsch"? Und ein „Wiener Deutsch"? Welcher Pitztaler versteht schon den Mundl? Eben.

Es gibt viel zu tun! Es lebe der Regionspatriotismus, wir alle sind Kärntner! Österreich zuerst! Oder doch Hintertupfing? Egal, wir alle sind Patridioten und stolz auf unsere Triathletin aus Australien, weil sie eine echte Österreicherin ist. Und vor allem Olympiasiegerin, was sie automatisch zu einer österreichischen Tirolerin macht. Oder Tiroler Österreicherin? Egal, sie bekam jedenfalls ein Schaf als originelles Geschenk überreicht und weiß jetzt, was sie an ihrer neuen Hoamat hat.

Was dem Sportler sein Schaf, das ist den DichterInnen ihr Buch. Daher spendiert die Regierung in Gestalt des Günther Nenning auch einen Koffer voller Bücher. Die Literaten sind eh froh, wenn die Regierung ein Subventionskrümerl ausscheidet und auf sie fallen lässt.

186

Wie? Das wäre ein Loblied auf die Regierung, die mit Kunst und Kultur sonst nix am Hut hat? Wer wird denn so kleinlich sein:

„Wenn man gute Literatur unters Volk bringt, ist mir doch scheißegal, was das für eine Regierung ist."

Originalton Günther Nenning im Standard. Wie hatte schon Leni Riefenstahl, die Regisseurin des Nazi-Parteitages in Nürnberg gesagt?

„Ich habe immer nur Kunst machen wollen."

Wir leben glücklicherweise nicht im Faschismus, aber die Ähnlichkeit der Aussagen verblüfft doch.

„Ich versuche mich eben anzupassen", meint Günther Nenning. Kein Wunder, dass viele Autorinnen und Autoren nicht in den Koffer wollen. Bei diesem Kofferträger!

27. September 2004

So a Koarl!

Warum es in Österreich ein Kabarett gibt, für das die Menschen Eintritt zahlen, ist mir schleierhaft. Jede Zeit im Bild bietet gratis – wenn man von den Zwangsgebühren für Volksverdummung, die so genannte Rundfunkgebühr, einmal absieht – Lachkrämpfe an.

Schaun Sie sich das an, und Düringer & Co können stempeln gehen. Kabarett live gibt es Tag für Tag, mit unterschiedlichem Programm und gleichen Darstellern.

Vor wenigen Wochen trat auf der Bühne zB eine kaiserliche Hoheit auf. So etwas gibt es in unserer Demokratie zwar nicht, aber als Direktor des kunsthistorischen Museums, dem ab und zu ein Salzfasserl abhandenkommt, kann man nicht über die neuesten Entwicklungen informiert sein.

Und so nannte der Seipel, der ein echter Direktor ist, den Otto, der kein Kaiser ist, eine kaiserliche Hoheit. Und kein Kind war da, das rief: „Er ist ja nackt!"

Der Anlass für die monarchische Anrede war ebenfalls ein Sketch, der sich als Realität ausgab.

Es war nämlich einmal ein Habsburger, der hieß Karl. Er übernahm 1916 die kaiserlich-königlichen Geschäfte, ließ Giftgas gegen seine Feinde einsetzen und wurde selig gesprochen.

Nein, nicht wegen des Giftgases, sondern weil er ein guter Mensch war. Gut, das passt nicht so gut, Giftgas und Güte, aber der Kaiser war eben privat immer selig.

Damit ist er im katholischen Sinn schon fast ein seliger Mensch, jetzt fehlte nur noch das Wunder.

Und es geschah!

Mit etwas Verspätung, aber immerhin.

1969 betete eine Nonne zum Karli Habsburg – schon das ein kleines Wunder oder würden Sie zu einem Koarl beten? – und, pardauz, wurde auf der Stelle von ihrem Venenleiden erlöst. Ganz ohne Kastanien, Gymnastik oder sonstigen Klimbim, einfach mit dem Karligebet.

Das wunderte alle und so wurde ein Wunder geboren. Ich nehme an, dass sofort eine päpstliche Kommission gegründet wurde, die eine Seligsprechung des Herrn Karl in Angriff nahm.

Und es geschah!

Ab 2004 haben wir einen seligen Karl.

„So a Koarl" sagt der Wiener, wenn er etwas nicht glaubt.

Woraus zu schließen ist:

Der Papst, das muss ein Wiener sein!

11. Oktober 2004

Am Biertisch der Avantgarde

Hans Hurch ist Leiter der „Viennale". Leider ist er auch ein Bewunderer von Straub & Huillet, die als Extremavantgardisten durch die Lande ziehen. Und widmete dem Filmpaar eine Retrospektive. Im Interview (Falter) meinte er, dass Straub & Huillet besser als Scorcese seien, Wim Wenders „weich in der Birne" und der jüngste Film von Rivette schwach.

Am 18. Oktober zeigte man im Filmmuseum einen Film von Herrn Straub und Frau Huillet, ein Gedicht von Hölderlin, das mit einem Film so viel zu tun hatte wie eine Wüste mit Regengüssen. Macht nichts, manche haben es gerne trocken. Der Kunst ihre Freiheit, auch wenn sie ein Tarnkapperl auf hat.

Es folgte die Selbstdemontage des Herrn Straub. Er zeigte sich als Populist der Avantgarde. Das ist gut, das ist böse. Was Kunst ist, bestimme ich!

Eine Podiumsdiskussion sollte es sein, es wurde der Monolog eines altersstarren Mannes. Kritik wurde nicht geduldet.

„Ihr Dialekt ist aber irgendwie anders – sie sind wohl nicht von hier?" französelte Herr Straub, als ein Deutscher eine inhaltliche Frage stellte. Da konnten sich die Fans auf die Schenkel klopfen, so lustig war das, und ihr Superstar brauchte nicht zu antworten.

„Fassbinder? Seine Filme verachte ich!" tönte der Meister.

Warum eigentlich? Fassbinder hat anfangs auch nur eine Kamera aufgestellt, drückte aufs Knöpfchen und ließ die SchauspielerInnen ins Bild gehen und wieder raus. Fast wie bei Straub & Huillet. Allerdings hat Fassbinder später andere Filme gedreht, wie „Angst essen Seele auf", jenen berührenden Film über eine Liebe zwischen einer Weißen und einem Schwarzen. Ist Erfolg der Grund für die Verachtung?

„Chabrol? Hat keine guten Filme gemacht." Genau!

„Und Cohn-Bendit haben meine Filme nicht gefallen." Klarer Fall von Sinnesverwirrung.

Als eine Frau sagt, ihr komme das Ganze wie eine Altherrenrunde vor, die der „guten, alten Zeit" nachtrauert, während alles heute „beschissen" sei, bekommt sie ein Witzchen zur Antwort und die Podiumsteilnehmer schweigen ergriffen.

Überhaupt ist viel Weihrauch im Raum, weil der Filmmessias erschienen ist. Hans Hurch lauscht gebannt den Worten des Meisters. Irgendwann wird er sich zu seinen Füßen legen und schnurren wie ein zufriedenes Kätzchen, das Kitekat für ein Fünf-Hauben-Menü hält.

Der Großteil des Publikums tut es ihm gleich und legt wortreich Entschuldigungen dafür vor, weil nicht alle einen bestimmten Film von John Ford gesehen haben.

191

„Viele von uns arbeiten tagsüber", wagt eine Frau Widerspruch. Unglaublich, diese Spießigkeit! Wer kann arbeiten, wo DIESER Film zu sehen ist! John Ford, fast so berühmt wie seine Großartigkeit, Herr Straub!

Auf diesem Niveau geht es weiter, eine greise Brabbelrunde lobt sich in den Filmhimmel, der ein grausiger Ort sein muss. Dann schon lieber in die Hölle kommen, zu Fassbinder und Chabrol.

Ach ja, Frau Straub, pardon, Frau Huillet war auch da. Sie durfte soufflieren und die zahlreichen Fehler Ihro Majestät korrigieren, aber sonst den Tiraden ihres Lebensgefährten lauschen. Hier wurde eine Beziehung zelebriert, die gut in jene Zeit gepasst hätte, als Hölderlin seine Gedichte schrieb. Und so schließt sich harmonisch der Kreis von Hölderlin zu Hölderlin, dazwischen Straub:

Uije!

25. Oktober 2004

192

O christlich Herz!

„Lasst sie im Regen stehen!"
lautete vor einigen Wochen die Schlagzeile einer Tiroler Gratiszeitung. Diese nette Empfehlung galt jenen Menschen, die in Innsbrucks Straßen betteln, weil sie in ihrer Heimat unter miserablen Verhältnissen leben müssen.

Es ergeben sich etliche Fragen!

Was machen „wir Tiroler" bei Schönwetter? Fährt dann die Feuerwehr mit ihren Spritzwagen aus, um die Bettler zu vertreiben?

Wo bleibt das Heilige im Land? Da gab es doch einen Mann, der teilte für einen Bettler seinen letzten Mantel. Und einen, der sagte: „Was ihr dem Geringsten meiner Brüder angetan, habt ihr mir angetan."

Beide werden doch als Vorbilder genannt.

Und was wird der liebe Gott sagen, wenn er zwar in die Verfassung soll, aber die Wirklichkeit nichts mit ihm zu tun hat?

„An ihren Taten werdet ihr sie erkennen."

Kultur und Nächstenliebe haben nämlich nichts damit zu tun, ob jemand Messer und Gabel richtig halten kann oder Gott in der Verfassung stehen haben will.

Kultur und Nächstenliebe haben damit zu tun, wie eine Gesellschaft mit Armen, Minderheiten, Behinderten, Kindern und Alten umgeht, um nur einige zu nennen.

Was unsere PolitikerInnen angeht, leben wir nicht in einem christlichen, sondern in einem barbarischen Land.

„Das Boot ist voll." Das meinen derzeit alle Parteien, abgesehen von den Grünen.

Wenn sie weiter so agieren, wird ihnen die Bevölkerung eines Tages folgen und der Weg ist frei für ein reinrassiges Österreich.

Tirol, das heilige Land, erfüllt seinen Vertrag nicht einmal, wo es um die Ärmsten der Armen geht, die so genannten „Asylanten", was schon einem Schimpfwort gleich kommt. In Wirklichkeit sind es Menschen, die gefoltert oder zumindest verfolgt wurden, die Angst um ihr Leben haben, die in eine Demokratie geflüchtet sind, um hier als „Sozialschmarotzer" beschimpft zu werden.

Tirol beherbergt um 50 Prozent weniger Asylsuchende als vereinbart. Und nimmt damit unangefochten den letzten Platz in Österreich ein. Selbst Kärnten liegt vor dem Bundesland, das so viel auf sein Christentum hält, dass es als einziges Bundesland Gott zumindest in der Landesverfassung hat.

Es wird Zeit, dass sich Politiker damit beschäftigen, was dieser ihr Gott gesagt hat. Oder erinnern sie sich nur an seinen letzten Satz?

„Vergib ihnen, denn sie wissen nicht, was sie tun."

8. November 2004

194

Die neuen Werte

Angesichts der neuen „Werte", die unsere Politik gebiert, stellen sich viele Fragen. Zum Beispiel für Eltern, die ihren Kindern soziales Verhalten auf den Lebensweg mitgeben wollen. Ist das sinnvoll?

Heute keine Satire, heute ein Gedicht. Der Advent ist nahe und wer weiß, vielleicht finden sich ein paar Sekunden der Stille. Fragen besorgter Eltern im Zeitalter neuer Werte.

Ist es gut
ein guter Mensch zu sein?
Ist es nicht besser
ein schlechter
gar Schlächter
zu werden?
Lernen
zu kämpfen
zu siegen
zu schlagen?
Gut ausgebildet sein
im Bösen?
Ist das nicht gut
für unsere Kinder?

22. November 2004

195

Tolle Analyse!

Wenn unsere kakanische Frau Bildungsministerin im TV antritt, um den ZuseherInnen die Welt zu erklären, spitzen alle aufmerksam die Ohren. Am Sonntag war es endlich wieder soweit: Frau Gehrer erklärte, warum Österreich laut PISA doch nicht so toll in Sachen Bildung unterwegs ist.

Da hätten wir mal die Eltern.

Die lesen ihren Kindern zu wenig vor und sind daher schuld am schlechten Abschneiden in Sachen Lesekompetenz. (Heute sagt man/frau Lesekompetenz, weil das viel toller klingt als: „Ich kann lesen.")

Das verstehe sie nicht als Vorwurf, sagte die Frau Ministerin. Sondern als ??? Tja, das sagte sie leider nicht.

Außerdem, so analysierte sie messerscharf weiter, gebe es „beharrende Kräfte", die sich gegen megageile Reformen wie Stundenkürzungen wehrten. Wahrscheinlich sitzen die an der Ostküste der USA oder in Nigeria oder in, na, ich weiß nicht, jedenfalls beharren sie ununterbrochen und stören so die Aktivitäten des Zukunftsministeriums. (Nicht lachen, unser Bildungsministerium nennt sich selbst so.)

Dann gibt es noch die Verfechter der Gesamtschule, ein System, das in allen Ländern existiert, die vor uns liegen. Aber das sei natürlich ein Blödsinn, weil die liegen eben vor uns, weil, und jetzt kommt der Höhepunkt der Argumentationskette, weil wir mehr, eigentlich

zu viele Ausländerkinder haben!

DAS hat natürlich keiner beachtet und deshalb sind wir eben nur scheinbar schlecht gebildet, in Wirklichkeit aber supertoll. Man muss nur die Ausländer draußen lassen, auch wenn sie schon herinnen sind. Da wird sich der Kollege Innenminister wieder bestätigt gefühlt haben.

Stundenkürzungen durch das Ministerium?

Österreich hat eine Akademikerrate, mit der nur noch Rumänien mithalten kann?

Überfüllte Klassen mit 36 SchülerInnen?

Gehälter für LehrerInnen, über die der Ex-Journalist und nunmehrige Lehrer Glattauer nur lachen kann?

Teilung der Kinder in gute und schlechte ab dem 10. Lebensjahr?

Aber ich bitte Sie! Das hat doch nichts mit Bildungsqualität zu tun.

Schuld sind die berufstätigen Eltern, die ihren Kindern nicht Lesen und Schreiben beibringen wollen, bloß weil sie ihre Wohnungsmiete zahlen müssen, die Ausländerkinder und diese komischen LehrerInnen, die nicht mal mit 36 SchülerInnen zurecht kommen.

Das musste endlich gesagt werden! Danke, Frau Ministerin! Schöne Tage beim Vorlesen!

30. November 2004

197

Advent, Advent ...

ein Lichtlein brennt. Diesmal das der Erleuchtung, obwohl gar nicht Pfingsten ist. Unser Innenminister ist zurückgetreten und alle waren baff. Sogar der Herr Kanzler. Dabei hat ihm der Ernsti, wie er liebevoll genannt wird, alles schon am Vorabend (!) erklärt.

PolitikerInnen sind bekannt für ihr ausgezeichnetes Sitzfleisch und dass eine/r mir nichts, dir nichts ihr/sein Machterl abgibt, gehört zu den Seltenheiten des Geschäfts. Noch dazu, wenn sie/er so erfolgreich ist wie der Herr Strasser.

Der hat immerhin alles durchgesetzt, was die FPÖ wollte. Nur der Verfassungsgerichtshof war bisweilen gegen seine neuen Gesetze. Aber dort sitzen bekanntlich lauter linkslinke ÖVP-ler, die mit den Marxisten von der Caritas kooperieren.

In Kärnten ist das alles längst bekannt, nur in Restösterreich nicht. Der Kärntner Landeshäuptling verkündete in bekannter Bescheiden- und Wahrheit, dass er der beste aller Innenminister wäre, sozusagen der GRÖMAZ, der größte Minister aller Zeiten. Er müsse leider noch eine Zeitlang in Kärnten bleiben, bis die Asylantenurlauber die Flucht ergreifen. Aber danach wäre er zu allem bereit. Oder noch mehr. Wenn man ihn ruft.

Zu unser aller Glück ist dem Herrn Kanzler ein noch besserer Minister eingefallen: der Herr Platter. Der besitzt zwar schon das Verteidigungsministerium, aber das ist kein Problem. Der jetzige Doppelminister versicherte einer ORF-Reporterin, die ihn knallhart fragte, wie er denn zwei Ministerämter zeitlich schaffen wolle:

„Ich bin Marathonläufer. Ich werde zu Weihnachten mehr arbeiten."

Da schwieg selbst die kritische Reporterin des Regierungsfunks ehrfürchtig. Wenn sie gewusst hätte, dass der gute Mann in dritter Funktion Obmann des Tiroler ÖAAB ist, sie wäre glatt vom Stuhl gekippt.

Jedenfalls: Wenn ein Mann zwei Ministerien führen kann, warum nicht konsequent die Ministerien halbieren?

Das einzige Problem, das ich dabei sehe: Schafft unser Verkehrsminister Gorbach die Marathonstrecke?

13. Dezember 2004

199

Endzeit 2004

Ein gutes Jahr neigt sich dem Ende zu. Man zieht Bilanz, hält Rückblicke, sammelt Vorsätze, kurz:

Die Zeit der Floskeln ist ausgebrochen.

Wenn Phrasen gedroschen werden, ist die Peinlichkeit stets nahe.

Die Tiroler Tageszeitung etwa schwang sich am 21. Dezember zu der vorweihnachtlichen Überschrift auf:

Winterbeginn um 13:42 – Zwei Lawinentote in Lech –

Tirol über Weihnachten fast ausgebucht:

Jubel bei Tirols Seilbahnern

Und das, obwohl zwei Gäste auf Dauer ausgefallen sind! Tirols Tourismus befindet sich offensichtlich auf der Überholspur.

Weniger gut erging es den Kaiserjägern, die eine Band nach Rom schickten. Anlass war die Erhebung Karls vom Kaiser- in den Seligstand. Bekanntlich hatte der gute Mann eine Nonne von ihrem Venenleiden geheilt, und das Jahrzehnte nach seinem eigenen Tod, was natürlich ein echtes Wunder ist.

Die Kaiserjäger wollten ihrem Namensgeber gratulieren und ihm ein ordentliches Tiroler Lied blasen. Was dann geschah, beschrieb das Innsbrucker Stadtblatt am 6. Oktober 2004 anschaulich:

„Autoknacker vergingen sich an Kaiserjäger-Bus!"

200

Ein klarer Fall von Automissbrauch. Angeblich hat keiner der Passanten das Opfer beachtet, als es gequält aufhupte und herzzerreißend mit den Federn quietschte.

„Es hätte ein epochaler Auftritt werden sollen, den ruchlose Räuber verhinderten", empörte sich das Stadtblatt. Wie recht es hat!

So gesehen war das Jahr 2004 auch ein Jahr der Katastrophen:

Benita Ferrero in Brüssel, Ernst Strasser in der Privatwirtschaft und Heinz Grasser noch immer Finanzminister. Welches Land hält das aus?

Genau.

Österreich.

Wir sind ein begnadetes Volk!

27. Dezember 2004

2005

Gleichnis zu Jahresbeginn

Die Natur.

Was für ein schönes Wort, um Lebensverhältnisse als unveränderbar zu beschreiben!

Es liegt in der Natur des Menschen, Kriege zu führen.

Die natürliche Rolle der Frau liegt in der Sorge um die Familie.

Wir wollen natürliche Lebensmittel essen.

Die Natur schlägt zurück.

Nein, das wird kein Artikel zum Thema Naturkatastrophe, das besorgen die Medien im Übermaß. Ich wundere mich nicht mehr darüber, dass im ORF ständig von den österreichischen Opfern berichtet wird, als zählte ein toter Österreicher mehr als ein thailändischer Toter. Und ich wundere mich nicht darüber, dass die täglich aus Hunger sterbenden Kinder keine Schlagzeilen wert sind. Wahrscheinlich ist das „natürlich".

So natürlich wie der Bericht über die Schweiz:

„Schweizer Eichhörnchen droht Gefahr aus dem Süden: Im Piemont hat sich das amerikanische Grauhörnchen rasch verbreitet. ... Das Grauhörnchen ist den heimischen Nagern überlegen, es ist doppelt so schwer. ... Den einheimischen Eichhörnchen bliebe nur die Flucht."

So ist das mit den Amerikanern auch! Sie verbrauchen die meiste Energie, werden immer dicker und brauchen immer mehr Futter. Kein Wunder, dass sie alles unter Kontrolle bringen müssen, was Erdöl und andere Energiequellen hat.

Aber wie kamen die amerikanischen Eichhörnchen in die Schweiz? Weil ein Ehepaar ein Paar Grauhörnchen in einem Garten ausgesetzt hat!

Es war der Mensch und nicht die Natur.

In diesem Sinne: Mensch und Natur sind nicht das Gleiche. Auch wenn es Schnittmengen gibt, wie Mathematiker sagen würden.

Es ist Zeit daran zu denken, dass Natur nicht immer „gut" ist.

Und der Mensch nicht immer „schlecht".

10. Jänner 2005

Tiroler Jugend!

Das Jahr 2005 erhebt sich vor euch wie ein Tiroler Berg: groß und unbezwingbar. Habt keine Angst, alles wird gut. Das haben wir PolitikerInnen beschlossen und daher ist es so.

Liebe Tiroler Jugendliche! Die Politik liebt euch! Ihr seid wunderbar! Ihr seid das Beste, was wir haben! Und weil wir euch so lieb haben, dürft ihr ab 16 selbst wählen!

Nein, nicht alles. Den Arbeitsplatz leider nicht. Der fällt in die Kompetenz der Wirtschaft und mit der haben wir nichts zu tun.

Aber die Olympiade in Innsbruck! Weil ihr seid nämlich dafür, haben unsere Berater und -innen gesagt, und die wissen noch mehr als wir!

Ist das nicht toll von uns?

Es war nämlich so, liebe Kinder, äh, Jugendliche: Früher, als ihr noch gar nicht richtig auf der Welt gewesen seid, gab es eine Volksabstimmung in unserem schönen Innsbruck.

Böse Menschen haben sie vorgeschlagen und das Volk war gegen die Olympiade. Weil es schon zwei gehabt hat und da sind dann die Preise gestiegen, aber die Löhne leider nicht, und da hatte das blöde, also, das Volk die Nase voll von der Olympiade.

Man soll das Volk eben nicht befragen, das ist schon bei Zwentendorf schlecht ausgegangen. In einer richtigen Monarchie hat man das auch nicht getan und damals hat alles bestens funktioniert. Wenn man vom 1. Weltkrieg mal absieht. Und dem Krieg 1867. Und dem Metternich. Und der 6-Tagewoche. Aber sonst war alles paletti unterm Kaiser.

Vor allem für ihn und seine Freunde, die Adeligen. Wir sind aber keine Fürsten, auch wenn uns das viel lieber wäre. Wir sind nur fürstlich bezahlte PolitikerInnen.

Darum ist unsere Königin, also die Frau Bürger und Meisterin, auch gegen eine weitere Volksabstimmung. Aber wenn schon unbedingt eine sein muss, dann sollt ihr dafür sein können. Ihr müsst sogar dafür sein! Damit die Preise wieder steigen können. Und ihr einen Job kriegt für ein, zwei Monate.

Einen Brückenjob, wie das unser Dinkhauser so schön gesagt hat. Denn wir wollen Brücken bauen, unter denen ihr schlafen könnt, wenn ihr keinen Brückenjob mehr habt. Denn wir sind eure Freunde, wir Politiker und -innen! Auch außen. Eigentlich überall und rundherum.

Was wir alles für euch getan und gebaut haben! Die Bergiselschanze, diesen wunderbaren Ort der Begegnung, wo ihr zu jeder Jahreszeit springen könnt. Die Eishockeyhalle, wo ihr unseren Spielern zujubeln dürft! Bald gibt es die supere Bahn auf die Nordkette. Da könnt ihr ununterbrochen rauf und runter fahren.

208

Wir meinen es gut mit euch. Meint ihr es auch gut mit uns: Stimmt mit, stimmt für die Olympiade, dieses titti-super-megageile Event! Wenn zu wenig Zuschauer kommen, versprechen wir euch: Ihr dürft gratis rein.

Denn wir lieben euch! Wenn ihr für uns stimmt!

24. Jänner 2005

209

Dadaismus in der EU

Kakanien ist überall. Unter diesem Motto verkündete der EU-Präsident Barroso vor kurzem das wichtigste Mittel gegen Arbeitslosigkeit:

„Gegen Arbeitslosigkeit hilft am besten ein Job."

Er trug diesen Satz mit würdigem Ernst vor und keiner der Anwesenden fiel lachend vom Stuhl, niemand übergab sich. Und doch ist dieses engagierte „Programm" symptomatisch für die europäische Politik.

Das Motto „Es genügt nicht, keine Ideen zu haben, man muss auch unfähig sein, sie auszudrücken" wurde umgewandelt in „Wir haben zwar keine Ideen, aber wir vermarkten sie gut".

Weitere Maßnahmen müssen folgen!

Wir schlagen vor:

„Gegen schlechtes Wetter hilft nur Sonnenschein."

„Gegen Hunger hilft Kuchen."

(Anleihe bei Marie Antoinette, die vor der französischen Revolution angeblich meinte, dass das Volk doch Kuchen essen soll, wenn es kein Brot hat.)

„Gegen ein Nicht genügend hilft ein Genügend." (Pädagogischer Leitsatz.)

„Gegen Schwangerschaft und AIDS hilft am besten Enthaltsamkeit." (Katholischer Lehrsatz.)

210

„Gegen Armut hilft am besten Reichtum." (Anonymer Betriebswirt.)

„Gegen Terrorismus hilft am besten gerechte Verteilung des Weltvermögens." (Dieser Satz wird wegen zu revolutionären Inhalts gestrichen.)

„Gegen Rechtsradikalismus hilft am besten ein Verbot."

„Gegen schlechte PISA-Ergebnisse hilft am besten eine Kommission zur Verbesserung der PISA-Ergebnisse." (Beamter des Bildungsministeriums.)

Und wenn mit diesen Programmpunkten kein Fortschritt erzielt wird, dann kann nur mehr der liebe Gott helfen:

„Das beste Mittel gegen die gottlose Welt ist ein Gebet." (Vatikan.)

21. Februar 2005

Ein Abschluss – quasi sozusagen

Ja. Das ist der hundertste Splitter!
Der sollte/könnte/müsste eine Art Höhepunkt sein. Ein Abschluss, ein Orgasmus.

Gerade jetzt, zu Ostern!

Auferstehung.

Der Stein.

Weggerollt vom Grab Christi.

Von Gott persönlich.

Mein Gott. Wer soll das glauben?

Selbst der Papst hatte zu Ostern keine Worte.

Oder konnte einfach nicht reden. Aber so einfach sieht kein Gläubiger/keine Gläubige die Welt.

Zurück zum einfachen Splitter, den fraumannmensch sich einzieht, wenn sieeres durch die Welt geht.

100 Splitter aus Kakanien beschreiben ein paar Details der westlichen Industriewelt. Mitunter schmerzhaft, meistens scherzhaft. Das liegt daran, dass hier niemand verhungert, bloß im schlimmsten Fall arm ist. Das allerdings immer öfter. Schließlich gibt es immer mehr Güter für immer weniger Menschen. Rein global gesehen.

Hätten die Armen rechtzeitig für ihre Bildung gesorgt, ginge es ihnen besser. Bildung kostet leider Geld. Und das hat diese Regierung nicht, weil sie Abfangjäger kaufen muss. Fein für die Piloten. Ob das die Arbeitslosenstatistik nachhaltig verbessert?

A propos Bildung. Vom 2. Mai an gibt es den Kurs „Segel setzen – den Führungshorizont erweitern". Er findet auf einem Segelschiff statt. Danach sind die teilnehmenden Manager noch besser dafür gerüstet, ihre Mitarbeiter freundlich zu entlassen. Pardon: freizusetzen. Fortbildung ist fast so wichtig wie Bildung.

Aber was ist Bildung? Diese Frage ist fast so schwierig wie die nach der Kunst.

Glücklicherweise sind wir auf dem Weg, diese Fragen gar nicht mehr zu stellen, weil wir sie nicht formulieren können. Oder nicht lesen. Oder nicht schreiben.

Und deshalb zum Abschluss der kakanischen Splitterreihe die wichtigsten Wörter des letzten Jahres.

Quasi nichts sozusagen

Nach PISA 2005 haben sogar Politiker erkannt, dass viele Kakanier Analphabeten sind, obwohl sie das Wort gar nicht lesen können. Die Bildungsministerin war darüber so entsetzt, dass sie im Parlament nicht mehr 48 durch 3 dividieren konnte.

Aber nicht nur das Lesen und Rechnen, auch das präzise Reden fällt immer schwerer. Sozusagen. Einerseits nimmt das Redetempo enorm zu, andererseits der Inhalt genauso schnell ab.

213

Bald werden alle ganz schnell sprechen und nix mehr sagen. Unsere Vordenker, die Politiker, sind heute schon so weit. Sie sammeln Leersätze und Leerwörter, die sie bei Gefahr reflexartig aus sich heraus stoßen. Da jede konkrete Frage für Politiker Gefahr bedeutet, kommen wir täglich in den Genuss solcher Silbenanhäufungen. – Und wenden sie bald selbst an.

Im letzten Ranking haben sich „sozusagen" und ersatzweise „quasi" ganz nach oben gearbeitet. „Sag ich mal", „definitiv" und „abfedern" sind zurückgefallen, „also" und „wie ich das sehe" halten ihre sicheren Plätze im Mittelfeld ebenso wie „Handlungsbedarf" oder „ein guter Tag beginnt mit Black Bull". (Interner Kosename für unseren Kanzler.)

Definitiver Handlungsbedarf

Früher kam einer ins Stottern, wenn er nichts zu sagen hatte, heute gibt es diese hübschen Verputzwörter, die alle geistigen Löcher zudecken. Das ist definitiv so! Da muss endlich einmal auch in aller Klarheit gesagt werden, dass da ein extremer Handlungsbedarf besteht! Quasi eine Marktlücke, in der unser Land definitiv Chancen auf Wachstum hat. Keine Nation kann so um den heißen Brei herumreden wie unser Österreich. Echt! Höchstens noch die deutsche:

„Entscheidend ist, was hinten rauskommt", hat der deutsche Kanzler Kohl einmal gesagt. Noch wichtiger ist allerdings, was vorne rauskommt. Beim Mund. Der ist ganz nah beim Gehirn. Und das ist angeblich jener Teil, der den Menschen auszeichnet. Sag ich mal. Das kann aber auch sozusagen ein Gerücht sein.

Wer nämlich einen Politiker fragt, was er vom Wetter hält, bekommt zur Antwort, dass seine Partei Handlungsbedarf sehe und an der Lösung des Problems intensiv arbeite. Man habe einen runden Tisch vorgeschlagen, aber die Opposition wolle einen eckigen. Das sei wieder einmal typisch. Darum werde man eine Kommission mit den bedeutendsten Schiläufern des Landes gründen, die sich dieser Aufgabe vollinhaltlich widmen. Sozusagen definitiv. Sag ich jetzt mal. In aller Deutlichkeit.

28. März 2005

Ich kleiner Mandarin

„Hast du dein Strafmandat schon bezahlt?"

Meine Freundin sorgt sich gerne um mich.

„Nein. Ich warte erst mal so 30, 40 Jahre."

Triumph in meiner Stimme.

Sie sieht mich beunruhigt an. Pädagogisch geschult erkläre ich ihr meine Beweggründe:

„Schau mal, das ist so. Wenn ich gleich zahle, ist das ganz normal und bringt rein gar nichts. Wenn ich nix mache und mich weigere, kommt in 30 Jahren der Bundeskanzler und überreicht dir Blumen und mir eine Urkunde für Verdienste um die Republik."

Ein leises Misstrauen glimmt in ihren Augen.

„Nein, ich habe nichts getrunken. Keinen Tropfen. Ich habe alles im Griff. 2035 werden wir im ORF auftreten und alle werden jubeln. Blaskapellen werden uns umgarnen, Journalisten uns loben."

Sie greift besorgt an meine Stirn.

„Die sollen von mir aus bis zum Verfassungsgerichtshof gehen", fahre ich unbeirrt fort. „Und der soll mich verurteilen: mir völlig egal!"

Meine Freundin steht auf, holt das Fieberthermometer und steckt es mir unter die Achsel.

„So, jetzt warten wir ein paar Minuten und dann geht's ab ins Bett."

Das könnte ihr so passen! Zu meinem Glück bin ich nicht bestechlich.

„Zuerst sage ich gar nichts. Dann protestiere ich. Später gründen wir eine Bürgerinitiative. Und wenn sie unsere Wohnung stürmen wollen, verjagen wir sie mit Hilfe der Tiroler Schützen!"

„Natürlich."

„Und dann zahle ich, na, sagen wir zehn Prozent des Strafmandats. Die Republik ist überglücklich und lässt uns hochleben. Das wird ein Festakt ohnegleichen!"

Sie sieht auf das Thermometer und nickt.

„40,9. Wenn du Fieber hast, kommst du auf die merkwürdigsten Ideen."

„Wieso ich? Der Mandarin in Kärnten."

„Welcher Mandarin?"

„Na der Landeshäuptling von der Mandarinpartei. 40 Jahre nach Erlass eines Gesetzes stellt er ein paar zweisprachige Ortstafeln auf und der Kanzler jubelt."

„Der ist kein Mandarin, sondern bloß orangefarben."

„Für eine Orange ist er aber ein bisschen klein geraten", protestiere ich, während sie mich ins Bett bringt. „Ich will auch eine Orange sein. Zumindest eine Mandarine."

„Morgen ist alles wieder gut." Sie streichelt mir liebevoll über die Wangen. „Ich gehe noch schnell zur Post."

„Warum?"

„Weil ich dein Strafmandat einzahle. Wir leben nämlich in einem Rechtsstaat."

Rechtsstaat? Was soll man dazu sagen! Frauen verstehen einfach nichts von Politik. Kein Wunder, dass uns der Kanzler nie besucht.

23. Juni 2005

PS: Mandarin ist die Bezeichnung für einen hohen Beamten im alten chinesischen Kaiserreich. Glücklicherweise ist Österreich mit tatkräftiger Hilfe aus dem Westen eine Demokratie geworden. Zumindest ein bissi.

Super, die neue Schule!

Nun, Kinder, wie gefällt es euch in der neuen Schule? Jetzt macht das Lernen sicher noch mehr Spaß als früher, in der alten, grauslichen, wo alles ganz anders war. Seht ihr, wir meinen es gut mit euch!

Was soll das heißen: Ihr habt nichts Neues bemerkt? Habt ihr denn die schönen Plakate von der Frau Bundesministerin nicht gesehen? Ihr geht jetzt in die Neue Schule, hat sie geschrieben. Und sie muss es schließlich wissen!

Nein, dass ihr jetzt weniger Stunden habt und mehr Kinder in den Klassen sitzen und manche sogar in Containern, das ist nicht neu. Das habt ihr falsch verstanden.

Nein, die Kürzung der Turnstunden ist auch nicht neu, die gibt es schon seit ein paar Jahren. Und sagt jetzt nicht, dass euch die abgehen! Ihr wollt eh keine Bewegung machen, sondern nur rumhocken oder maximal auf Partys gehen. Und so weit wird es nicht kommen, dass Schule eine tolle Party wird, das sag ich euch gleich.

Nein, wir haben für die neue Schule auch keine neuen Tische und Stühle gekauft, wir müssen nämlich sparen. Sparen ist ganz wichtig für euch, das müsst ihr gut lernen. Später könnt ihr Geld ausgeben, aber nur, wenn ihr Finanzminister werdet. Also, wer sagt mir jetzt, was die Neue Schule ist? Na? Wenn sich niemand meldet, nehme

219

ich einfach einen dran. Gut, ihr habt es nicht anders gewollt. Also, Wolfi, du weißt ja immer alles: Sag uns, was die Neue Schule ist!

Falsch! Mit dem Gedenkjahr hat das gar nix zu tun. Was heißt, du kommst gleich zur Sache? Du redest wie immer um den heißen Brei herum. Setz dich. – Andreas, beantworte du meine Frage.

Nein! Gott hat die Neue Schule nicht gemacht. Das war die Frau Ministerin.

Nein, auch falsch. Die Mädchen müssen nicht zu Hause bleiben, sie dürfen die Neue Schule genauso besuchen wie die Buben. Ich frage euch zum letzten Mal: Was ist der Unterschied zwischen der alten und der Neuen Schule?

Nein, Karli-Heinzi, die Neue Schule ist keine Privatschule, das ist schon wieder falsch.

Gut, wenn niemand dazu etwas sagen kann, dann sage ich euch, was neu an der Neuen Schule ist. Die Neue Schule ist erstens neu, weil sie Neue Schule heißt. Und außerdem ist sie neu, weil, ohje, jetzt läutet es. Schade, dann kann ich euch das nicht erklären. Nächste Stunde müssen wir nämlich im Lehrplan weiter kommen.

Dafür kriegt ihr jetzt eine geschmalzene Hausübung: Jeder schreibt einen fünfseitigen Aufsatz, warum die Neue Schule neu ist. Und wehe, euch fällt nichts ein!

12. November 2005

220

Land der Berge

Das Problem der Bundeshymne wurde von der allseits bekannten österreichischen Frauenministerin vorläufig nicht gelöst, weil sie auf der Suche nach einem Impfmittel gegen die Vogelgrippe ist. Deshalb hilft Kakanien!

Liebe Regierung, alles halb so schlimm! Das Rotationsverfahren wurde von den Grünen zwar abgeschafft, aber im Falle unserer Hymne bietet es eine einfache Lösung – ab nun singen wir jedes gerade Jahr „Heimat bist du großer Söhne", jedes ungerade Jahr „Heimat bist du großer Töchter". Und damit die weibliche Mehrheit nicht protestiert, gibt es alle 50 Jahre ein „Schaltjahr", in dem zwei Mal hintereinander die Töchter gefeiert werden! Schließlich gibt es hierzulande 52 Prozent Frauen und bloß 48 Prozent Männer.

Mit dieser kreativen und ästhetischen Lösung sind alle glücklich und es gibt keine Diskriminierung mehr zwischen Frauen und Männern!

Damit kommen wir zum Problem Nummer 2:

Tirol ist kein Burgenland

Liebe Menschen im fernen Osten: Seid nicht gleich beleidigt, bloß weil unsere Landesrätin Hosp gesagt hat, die Einfamilienhäuser bei euch sind in Tirol bloß größere

Garconnieren. Das war nicht böse gemeint, sondern eine einfache Tatsachenfeststellung.

Unsere Politiker sind bekanntlich Freunde ehrlicher Worte, wenn ich mal so sagen darf. In aller Klarheit. Zumindest wenn Handlungsbedarf besteht. Danach wird ohnehin abgefedert. Die Menschen draußen wollen das so. Vor allem der kleine Mann auf der Straße. Auch der in der Wohnung und in der Fabrik. Und dasselbe gilt für die kleine Frau bis 1,60 Meter.

Jedenfalls, was wollte ich eigentlich sagen? Keine Ahnung. Vielleicht sollte ich doch Politiker werden.

Nein, jetzt fällt es mir wieder ein! Es ging ums Burgenland. Jedenfalls war das mit den Garconnieren gut gemeint. Wir haben in Tirol nämlich viele Häuser, die im Burgenland Hochhäuser sind. Wir nennen sie TT, Tiroler Tennen. Die stehen in der Gegend rum und sind kaum für etwas zu gebrauchen. Deshalb könnt ihr sie uns ruhig abkaufen und damit im Burgenland eine Reihenhausanlage bauen. Das wollte die Frau Landesrätin euch mitteilen. Wir wollten nur helfen!

Und sagt jetzt nicht, ihr braucht unsere Hilfe nicht, bloß weil wir österreichweit an letzter Stelle sind, was die Kaufkraft anlangt. Das ist erstens wieder ein Rechenfehler wie vorher diese komische PISA-Studie und zweitens kein Problem, weil Armut keine Schande ist.

Zum Ausgleich haben wir hohe Berge und den Föhn. Erstere muss man besteigen, um einen weiten Blick zu

222

haben, von Zweiterem bekommt man Blähungen im Kopf. Auch kein leichtes Los! Seid also nicht neidisch, wenn ihr aus euren Hütten zu unseren Palästen blickt, das wünscht sich,

eure Landesrätin Hosp

30. November 2005

Wahre Weihnacht

Liebe Leute, ich schreibe heute etwas, das ihr ganz selten lest: die Wahrheit! Die Wahrheit über jene heilige Nacht, die wir demnächst friedlich feiern werden, im Schoß der Familie und selbstverständlich fröhlich, wie es in unseren Liedern heißt. Die Sache ist nämlich die: Es war alles ganz anders. Wir haben bloß vergessen, was damals wirklich passiert ist.

Vor etwa 2000 Jahren lebte ein unverheiratetes Paar im fernen Osten. Sie hieß Maria, er Josef. Sie war hochschwanger und wusste nicht genau, von wem das Kind in ihrem Bauch war, er war Tischler und in seinem Beruf mäßig erfolgreich. Ein ganz normales Paar also, das man heutzutage in jedem Tiroler Gasthaus treffen kann. In diese angenehme bürgerliche Ruhe fiel eine strenge Verordnung des Herrschers – er hieß übrigens Herodes: Alle neugeborenen Kinder sollten auf der Stelle umgebracht werden. Irgendjemand hatte Herodes eingeredet, dass demnächst ein Kind auf die Welt kommt, das sein Nachfolger werden will. Das war völliger Quatsch, beweist aber, dass manche politischen Anführer damals mindestens so dumm waren wie sie es heute sind.

Maria und Josef flohen also. Wer will es ihnen verdenken? Naja, im heutigen Europa hätten sie natürlich keine Chance gehabt, schließlich waren sie Flüchtlinge, die nicht einmal gefoltert worden sind. Sie wollten bloß ihr Kind retten, das noch gar nicht geboren war.

Stellt euch vor, heute kommen Flüchtlinge zu uns und wollen bleiben, bloß weil ihre Kinder vielleicht umgebracht werden. Dieser Asylantrag hat in der westlichen Kultur keine Chance! Damals war manches einfacher und so konnten die beiden auf einem Esel flüchten. Allerdings öffnete ihnen niemand die Tür, geschweige denn, dass sie in einem Haus übernachten konnten. Und so kam das uneheliche Kind, die Eltern nannten es einfach Jesus, in einem Stall auf die Welt. Ob es das gemeinsame Kind von Maria und Josef war, war damals ziemlich egal, und so wurde Josef der berühmteste Stiefvater der Geschichte. Es handelte sich also um eine Patchwork-Familie, wie wir heute sagen und das für rasend neu halten. Nix da, gab es alles schon. Das Fundament der katholischen Kirche ist eigentlich nicht Petrus, der Fels, sondern die Patchwork-family Maria, Josef und Jesus.

Ja, und wie die kleine Familie da den Abend in aller Ruhe verbringt, kommen drei Könige vorbei und bringen Geschenke. Könige im Stall! Sozusagen die Bundeskanzler der EU bei Wirtschaftsflüchtlingen.

Unvorstellbar. Heute kommt höchstens ein Beamter mit einem Abschiebungsbescheid zu Flüchtlingen.

Fröhliche Weihnachten!

28. Dezember 2005

225

2006

Wir zuerst!

2006 fängt ja gut an! Natürlich waren wir für die EU. Immerhin stimmten wir zu zwei Drittel für den Anschluss! Diesmal an die EU. Das sind zwar nicht so viele Stimmen wie damals, aber die EU ist auch nicht mit Hitler zu vergleichen.

Heute sind jedenfalls fast zwei Drittel gegen die EU.

Damals hätte es das nicht gegeben, damals waren wir bis zum Zusammenbruch dafür. Weil uns niemand mehr gefragt hat, nachdem wir dafür gewesen waren. Das ist eben der Nachteil der Demokratie: Man kann seine Meinung ändern und niemand erschießt einen deswegen. In solchen Zeiten sind wir alle Helden und Revoluzzer.

Vor allem, wenn man uns etwas wegnimmt. Zuerst waren es fast die „Erdäpfel", jetzt sind es die Studienplätze für unsere hochtalentierten Semmelweise und van Swietens, die von einfachen Deutschen besetzt werden.

Das lassen wir uns nicht gefallen. Auch Zwerge haben ein Selbstbewusstsein. Wenn der Europäische Gerichtshof uns zur Aufnahme deutscher Studenten verpflichtet, dann ist Schluss mit lustig. Selbstverständlich sind wir Demokraten und prinzipiell für unabhängige Gerichte! Solange sie Beschlüsse in unserem Sinn fassen.

Das wird irgendwann auch der Herr Korinek vom Verfassungsgerichtshof verstehen. Und wenn wir ihn klagen müssen. Wegen Befehlsverweigerung oder Verleumdung, ein aufrechter Österreicher findet immer irgendeinen Paragrafen, hinter dem er sich verstecken kann! Zweisprachige Ortstafel, bloß weil ein paar Slowenen in irgendeinem Kuhdorf leben. Wo kommen wir denn da hin. Das kann es in Südtirol geben, wir Österreicher bleiben lieber unter uns.

Wir sagen Ja zur EU, solange sie uns den Brennertunnel finanziert. Aber wenn sie uns rügt, dass wir unsere Unternehmer ein bisserl protegieren, dann muss klar gesagt werden: Das geht zu weit. Wir haben einen anderen Umgang mit Gesetzen, diese Tradition muss unter europäischen Naturschutz gestellt werden. Schon der Bundeskaiser hat gesagt, dass 130 km/h laut Gesetz in Ordnung sind, aber jeder anständige Österreicher schneller fährt.

Die österreichische Losung heißt: ein Ja zu den Rosinen, ein Nein zum Mehlteig! Wir haben den Gugelhupf nicht erfunden, damit ihn andere verspeisen.

5. Jänner 2006

230

Alles bestens!

Regierung seit Jahren im Faschingstaumel – und niemand merkt's.

Dumm, dümmer, Österreich – so lautete die Schlagzeile einer Schweizer Zeitung. Da verwechselt jemand Schiverband oder ÖOC mit Österreich! Was kein Wunder ist, wenn man die Berichte im ORF verfolgt: Dort spielt man zum Thema Doping die Stücke „Verfolgte Unschuld" und „Wir sind alle Opfer".

Nachdem die bösen Italiener bei den guten österreichischen Sportlern ein paar Spritzen fanden, meinte der oberste Schipräsident in der ZiB sinngemäß:

„Ich bitte Sie, jeder von uns kriegt ab und zu ein Vitaminspritzerl."

Der Reporter nickte andächtig und wies sogleich seine Unterarme vor. Stimmt, dachte ich. Ich verlasse die Wohnung niemals, ohne mir einen Liter Vitamin C zu spritzen. Nach dem Mittagessen gibt es ein Verdauungsspritzerl und am Abend ein bisserl Baldrian. Das belastet nicht den Magen und ist daher gesund.

In Italien machen sie ein großes Theater um unsere Hochleistungsträger. Dabei ist, wie ORF-Sportreporter Huber sagte, den armen Sportlern ein Nasenspray verboten, weil er als Doping gilt! Kein Wunder, dass den Sportlern dauernd die Nase rinnt und sie undeutlich reden.

231

Da konnte der ZiB-Präsentator nicht an sich halten und lobte den Schiverband, weil er den Trainer Meyer auf der Stelle entlassen hat, als der vor Polizisten flüchtete und eine Sperre durchbrach.

Olles oans!

Alle zivilisierten Länder versuchen Doping als jenes Verbrechen zu verfolgen, das es ist. Deutschland verurteilte einen Herrn Pansold, der in der Ex-DDR Kinder gedopt hat. Derselbe Mann arbeitete später, 2002, im Olympiastützpunkt Obertauern. Vor kurzem noch war er auf der Homepage der „Österreichischen Sporthilfe" als Referent vertreten.

Vielleicht der neue Arbeitsplatz für Herrn Meyer?

Nur für den Fall, dass der ORF bei ihm nicht zuschlägt! Dort sind immerhin schon Andy Goldberger als begnadeter Analysator und Hans Knaus beschäftigt. Warum also nicht noch Herr Meyer? Von der psychiatrischen Anstalt ins öffentliche Fernsehen mit seinem Kulturauftrag. Eine gelungene Resozialisierung.

Es passt alles zusammen.

Der Bundeskanzler, der augenzwinkernd den Reporter fragt, ob er nicht schon schneller als 130 km/h gefahren ist. Und nicht daran denkt, dass er einen Eid geleistet hat auf die Einhaltung der Gesetze.

Der Finanzminister, dem die Industriellenvereinigung eine Homepage schenkt. Und der von nichts weiß.

Der Landeshauptmann im Süden, der ein Erkenntnis des Verfassungsgerichtshofes ignoriert. Und eigenhändig Ortstafeln verrückt.

Kein Wunder, wenn ein gewisser Herr Federspiel in Innsbruck zur Wahl antritt und behauptet, dass er die Bevölkerung vor Drogenkriminellen schützt. Darüber reden will er beim Stammtisch mit

„Freibier für alle".

Dumm, dümmer – ....

Bitte einsetzen. Österreich ist übrigens genauso falsch wie Schweiz, Italien, Deutschland etc.

28. Februar 2006

233

Keine Qual bei der Wahl

Im April wird in Innsbruck „gewählt". Alle Parteien haben sich auf ein gemeinsames Programm geeinigt, das da lautet: Mehr Herz, mehr Sex, mehr Hirn, mehr Hand, mehr Heimat und überhaupt mehr für die Stadt Innsbruck, die Meister werden soll.

Her mit mehr!

Pardon, das war jetzt der Werbespruch von One. Übrigens: Was ist der Unterschied zwischen einer politischen Partei und einem Handybenutzer?

Keiner. Auch die Parteien bekommen Geld für sinnloses Gerede.

Aber zurück zur Innsbrucker Politik: Mehr Sex und Freibier – wie soll das zusammengehen? Alkohol ist bekanntlich schlecht fürs Sexleben. Macht nichts, die Vorschläge sind ohnehin nicht ernst gemeint.

Wer sich in die Wahlzelle begibt, sollte daher am besten zwei Würfel mitnehmen, die Quadratwurzel aus der gewürfelten Summe ziehen und das Ergebnis als Wahlvorschlag ankreuzen.

Herz und Hirn müssen bei der Garderobe abgegeben werden, sonst bekommen die WählerInnen einen Nervenzusammenbruch.

30. März 2006

234

Eine Wählerempfehlung

Liebe Politikerinnen und Politiker!

Wir haben eure Art von Politik satt. Euer Gerede von Weltstadt, Kulturhauptstadt oder Olympiastadt ist nicht einmal mit Freibier zu ertragen.

Wir wollen euch nicht in den Seitenblicken der diversen Zeitungen sehen, wo ihr in die Kameras grinst, als wäre das eure Berufung! Überlasst das den Models und Schauspielern, die haben es gelernt und können es besser.

Wir wollen, dass ihr politisch – und das heißt für alle Menschen dieser Stadt – arbeitet statt euch gegenseitig Pfründe zuzuschanzen.

Wir wollen, dass ihr Innsbruck lebenswert gestaltet statt eine Sprungschanze zu bauen, die zwei Mal im Jahr benützt wird.

Wir wollen, dass lebendige Kultur in neuen Jugend- und Kulturzentren entsteht, statt dass die vorhandenen Jahr für Jahr um ihre Subventionen zittern müssen.

Was meint ihr mit Hirn, Herz und Verstand, während unsere Jugend keine Arbeit findet?

Was redet ihr von Bildung, während ihr das Budget dafür ständig kürzt?

Was soll der Jubel über den Wirtschaftsstandort Tirol, während wir für eine simple Wohnung mehr bezahlen müssen als alle anderen Österreicher?

Ihr solltet Innsbruck zu einem Lebensstandort ausbauen, bevor ihr es zu einem Wirtschaftsstandort macht, den sich niemand hier leisten kann.

Es ist Zeit für euch aufzuwachen. Die NichtwählerInnen sollten nicht die Mehrheit werden in einem Staat, der sich demokratisch nennt.

Jammert nicht über Politikverdrossenheit der Jugend.

Denn ihr seid die Ursache.

19. April 2006

Wir sind doch blöd!

Der Irakkrieg wurde ausgelöst von einem Minister, der „inkompetent" ist. Das ist die Meinung von pensionierten US-Generälen. Als Aktive schwiegen sie und taten, was ihnen befohlen wurde. Als Rentner sagen sie mutig die Wahrheit. Spät, aber doch. Ein aktiver Generalstabschef musste widersprechen: Man könne die Entscheidungen des Ministers hinterfragen, „nie aber seinen Arbeitseifer und Patriotismus" (Die Presse). Inkompetent und eifrig: Diese Eigenschaften genügen, um die mächtigste Armee der Welt zu leiten.

Aber wozu in die Ferne schweifen? Sieh, das Schlechte liegt so nah!

Etwa die Hälfte der Italiener sind laut Ex-Kanzler Berlusconi „Arschlöcher". Aber welche: die ihn ab- oder die ihn vorher gewählt haben?

Und trifft die Aussage „inkompetent, aber arbeitseifrig" nicht auf 50 Prozent unserer Politiker zu? Und sind nicht wir es, die sie wählen?

Bambiland

So nannte Elfriede Jelinek ihre Heimat. Tatsächlich tummeln sich hierzulande – und damit ist ganz Europa gemeint – Gartenzwerge, die sich als Politiker verkleiden. Berlusconi warf „den Chinesen" vor, dass sie Kinder kochen und als Dünger verwenden. Sein Koalitionspartner wollte mit Kanonen auf Flüchtlingsboote schießen. Sie meinten das alles ernst.

In Frankreich wollte die Regierung jeglichen Kündigungsschutz in den ersten zwei Arbeitsjahren abschaffen. Vorläufig für alle unter 26 Jahren. Jeder Arbeitgeber hätte täglich beschließen können, dass die Angestellte Frau XY ab morgen arbeitslos ist. In Frankreich demonstrierten daraufhin Millionen Menschen, dass ihnen soziale Sicherheit mehr wert ist als sogenannte „liberale Wirtschaft", die all jenen Freiheit verspricht, die genügend Geld haben.

Und Österreich mit der besten aller EU-Präsidentschaften?

Wir haben eine Bildungsministerin, die alles wunderbar findet.

Wir haben einen Finanzminister, der mit kreidiger Stimme, als eine Art lebende PowerPoint-Präsentation verkündet, dass Liberalismus Arbeitsplätze sichert. (Das muss ein Gelächter geben, wenn der Minister mit seiner Angetrauten plaudert!)

Wir haben einen Kanzler, der mit einer nicht gewählten Partei regiert, deren Gesetzesbrüche lächelnd übergeht und zum Ausgleich Lieder- und Kochbücher produziert.

Wir haben einen Verkehrsminister, der angeblich auch Vizekanzler ist. Deshalb reist er, was das Zeug hält und findet es ungeheuer wichtig, das Tempolimit auf 160 km/h zu erhöhen. Was geht ihn der Feinstaub an, er hat ja eine Filteranlage im Auto.

2. Mai 2006

Kasperl fragt

„Seid ihr alle da?" fragt der Kasperl und alle brüllen: „Ja."

In Kärnten fragt der dortige Hauptmann, der Haider heißt und einstens ganz Europa aufregte, wie viele mehrsprachige Ortstafeln die Erwachsenen wollen. So viele, wie der Kanzler will, mit dem der Hauptmann in der Regierung sitzt. Ein bisserl weniger. Oder gar keine. Falls jemand mehr will, gibt's das gar nicht, weil wir vom Kasperlland reden. Und das heißt diesmal Kärnten.

Für Fremde: Kärnten ist nicht nur ein schönes Land, sondern dort leben auch Nicht-Deutschsprachige. Das sind die Feinde des Kärntner Abwehrkämpferbundes (kein Scherz, den gibt es wirklich), weil ein echter Kärntner nur ein „Deitscha" sein kann (= Deutscher).

Daher darf es im deutschen Kärnten keine Ortstafeln geben, die den Namen auch auf Slowenisch zeigen. Das widerspricht zwar dem Staatsvertrag aus dem Jahr 1955, aber Österreich ist bekanntlich die Aussitzernation Nummer Eins. Nach 60 Jahren wurde das gestohlene Bild von Gustav Klimt seiner Besitzerin zurückgegeben, also haben die Slowenen noch zehn Jahre Zeit, um ein oder zwei Ortstafeln zu bekommen.

19. Juni 2006

240

Fronleichnam in Tirol

Das heilige Land im Westen geriet vorige Woche in höchste Verzweiflung: Einerseits war der Feiertag „Fronleichnam", was so viel wie „Leib des Herrn" heißt, andererseits gab es im Landesmuseum eine Ausstellung zum Thema „Geschichte der Sexualität". Leib und Sexualität passen vielleicht für Fremdgläubige zusammen, den katholischen Tirolern dreht sich bei dieser Kombination den Magen um. Sexualität darf keinen Spaß machen, das widerspricht der katholischen Lehre.

Was also tun?

Wo die Not groß ist, naht Rettung, so auch diesmal in Form eines Gedankens: Christo verhüllt den Reichstag, wir verhüllen, nein, nicht die Monstranz, die an diesem Feiertag durch die Stadt getragen wird, sondern die Plakate!

Und so gelang es den wackeren Tirolern wieder, wie 1809, das Land vom Einfluss fremder Mächte zu beschützen.

19. Juni 2006

241

Fußball

Wenn Fußball analysiert wird, dann ist das natürlich Männersache. Ob ZDF oder ORF oder ARD: Überall wird sachlich analysiert von Männern, die von einer Halbzeit konditionsmäßig höchstens drei Minuten durchhalten würden. Aber das ist „nicht Sache", wie wir Deutschösterreicher sagen. Es geht um Experten.

Und was sagen uns diese?

Zum Beispiel beim Spiel Brasilien gegen Japan der deutsche Reporter:

„Die Brasilianer spielen aus dem Bauch heraus." Wer hätte das gedacht?

Dabei fiel kein einziges Tor mit dem Bauch, sondern bloß mit dem Kopf. Allerdings von einem ziemlich bauchlastigen Menschen, nämlich Ronaldo. Aber der ist bei der deutsch-österreichischen Analyse nicht gefragt.

Der Kopf, meine ich natürlich.

Sehr sympathisch allerdings Herr Hickersberger. So fernsehtauglich kann kaum jemand die Stirn runzeln, wenn man von Bruno Kreisky, der leider tot ist, absieht. Hier wird klar: Es geht um Weltbewegendes.

Noch spannender der Herr der Fälle, unser aller Schneckerl, der Prohaska: „Der erinnert mich an unserem Müller."

242

„Wir schaun sich das jetzt an", sagt er und schreitet müde zu einer Superanimation mit 3-dimensionalen Spielern. Dort erklärte er, warum ein Tor gefallen ist oder nicht, während der Herr Redakteur mit offenem Mund zuhört.

Die Sportreporter des ORF schaffen es sogar chauvinistisch zu sein, ohne dass Österreich teilnimmt (beim Spiel Frankreich gegen Togo):

„Nicht einmal gegen die zum Teil dritt- und viertklassigen Fußballern aus Togo gelingt den Franzosen ein Tor." (ORF)

Ja, die Franzosen können halt nicht mithalten mit den österreichischen Spielern. Die hätten Togo zugeballert, dass alle sich gewundert hätten. Schade, dass wir die Teilnahme nicht geschafft haben. Und schade, dass Togo nicht zu Europa gehört. Dann hätten wir es ihnen 2008 gezeigt!

Da sind wir nämlich dabei, daran hindern uns nicht einmal zweitklassige Fußballer aus England oder Portugal.

Wie sind nämlich Gastgeber!

26. Juni 2006

Lehrer schummeln!

Im SPIEGEL stand das Unglaubliche: Lehrer schummeln! In Deutschland natürlich. Bei uns ist sowas unmöglich.

Ursache ist die Testeritis, eine neue Krankheit, die Arbeitsplätze im Bereich der Evaluationswirtschaft sichert, aber leider wenig zur Hebung der Bildung beiträgt.

Nach PISA wollen nämlich alle Bildungsministerinnen und -minister von den schlechten Plätzen weg- und zu den guten hinkommen. Das ginge am einfachsten, indem man Strukturen ändert, aber die Bürokratie liebt nun mal das Umständliche. Daher werden Tests ausgearbeitet, die von Schülerinnen und Schülern absolviert werden.

Von Schülerinnen und Schülern?

Nicht immer. Manchmal legen auch Lehrerinnen und Lehrer Hand an und verbessern die Ergebnisse. Niemand gilt gerne als schlechte Lehrerin oder schlechter Lehrer. So geschehen beim Test VERA, der in Deutschland bundesweit die Deutsch- und Mathematikkenntnisse von Grundschülern erheben soll. Damit die Schüler gut abschneiden, übten manche Pädagogen vor den Tests die Aufgaben, die im Internet veröffentlicht worden waren. Die Testkonstrukteure waren davon ausgegangen, dass alle Pädagogen Idealisten sind und nicht schummeln.

Das erinnert mich an eine Zeitungsmeldung, die vor vielen Jahren durch die Zeitungen ging. Ein amerikanischer Schuldirektor war mit seinem Lehrerteam so erfolgreich, dass Familien in die Umgebung seiner Schule übersiedelten, um ihren Kindern herausragende Bildung zu geben. Die Schule erhielt sogar Auszeichnungen des Bildungsministerium.

Und irgendwann stellte sich heraus, dass der Direktor die Testergebnisse eigenhändig ins Positive verzerrte.

So viel zu Evaluation und Testeritis.

Das nächste Schuljahr kommt bestimmt.

Und mit ihm die Evaluateure. (Oder wie immer sie heißen mögen.)

12. Juli 2006

Salzburg spielt wieder fest

Jürgen Flimm, weltberühmter Theaterregisseur, brachte es auf den Punkt: Reiche sind deshalb reich, weil sie intelligent sind.

Der gute Mann weiß offensichtlich nicht, dass Reichtum auch vererbt werden kann, aber sei's drum – er findet es super, wenn die reichen Intelligenten ordentlich zahlen, um teure, also nach der Flimmlogik intelligente Kunst in Salzburg zu sehen.

Auf diesem Niveau unterhielt sich heute der ehemalige Intendant des Hamburger Thaliatheaters auf Ö1 im sogenannten Künstlerzimmer mit sich selbst. Er habe es in seinem Leben nie verstanden, warum manche meinen, die Reichen seien dumm und die Armen gescheit.

Und was er nicht versteht, kann nur dumm sein, weil Flimm schließlich intelligent, weil reich ist.

Oder so.

Als weitere Beweise für die Intelligenz der Reichen führte er an, dass er selbst Menschen kenne, die ein Chanelkleid trügen. Da wurden selbst die armen Hörerinnen und Hörer vor dem Radio, also die Dummen, sprachlos. Die reichen Intelligenten aber freuten sich über einen so intelligenten Befürworter ihres Reichtums.

23. Juli 2006

246

„Du, glückliches Österreich, heirate."

So lautete einst die Devise der Habsburger, die ihre Besitztümer nicht durch Kriege gewannen, sondern durch Hochzeiten. Klugerweise, denn immer wenn die Habsburger „ins Feld zogen", verloren sie.

So gesehen hat Österreich einen tollen Finanzminister. Erstens sieht er fast so gut wie Otto Habsburg aus und zweitens hat er eine echte Frau Swarovski geheiratet. Deren Familie stellt nicht nur tolle Glasperlen her, sondern besitzt auch Flugzeuge und anderen Krimskrams. Mit anderen, diesmal für die Bildungsbürgerlichen auch lateinischen Worten:

„Tu, felix Karli, nube!" (Du, glücklicher Karli, heirate.)

Der „felix Karl" kommt aus Kärnten (= Keantn) und dort haben sie einen Landeshäuptling, der Monat für Monat, nein, leider nicht heiratet, sondern den Villacher Fasching das ganze Jahr über betreibt. Lei lei!

Als echter Monarch gehört ihm eine (Landes)Bank namens Hypo Adria und deren Chef hat ein paar Verluste eingefahren, wie man heutzutage sagt. Waren aber nicht mehr als höchstens 300 Millionen Euro. Maximal 400 Millionen, sag ich in aller Klarheit. Wenn man das auf die Größe der Hypo Adria umrechnet, ist das ein größerer Skandal als jener der BAWAG. Aber der südliche Landeshäuptling ist irgendwie Regierungsmitglied, zumindest

247

Partner der Regierung. Daher berichtet der ORF (Oesterreichischer Regierungs Funk) viel lieber über die BAWAG als über die Hypo Adria.

Was mache ich also mit dem Bankdirektor, der die Millionen verzockt hat? So dachte der Landeshäuptling und beschloss: Ich versetze ihn vom Vorstand in den Aufsichtsrat bei gleichen Bezügen. Dann kann ihn die Finanzaufsicht nicht belangen, weil er ja, ätsch, nicht mehr Vorstand ist. Als Aufsichtsratpräsident kann er dann kontrollieren, ob bei seinen Geschäften als Vorstand alles in Ordnung war. Das nenne ich Synergieeffekt!

Gesagt, getan. Doch hoppala! In den Statuten der Bank steht, dass Vorstandsmitglieder erst nach drei Jahren in den Aufsichtsrat wechseln können. Und ausgerechnet die Opposition ist auf diesen Satz draufgekommen.

Sakra! dachte der Landeshäuptling. Und was jetzt? Kein Problem! Sein Sprecher ließ über den ORF mitteilen: Das haben wir alles gewusst. Wir werden diese Vorschrift eben ändern. Sie ist ja nur bei börsennotierten Unternehmen verpflichtend.

Na dann. Problemlösung in Kärnten. Echt super! Dummerweise soll die Hypo Adria demnächst an die Börse gehen. Ob das der Landeshäuptling übersehen hat? Macht nichts, er weiß sicher eine Lösung. Schlimmstenfalls ändern wir das Börsengesetz!

9. August 2006

248

Österreich soll Türkei werden!

Der österreichische Wahlkampf, der olympische Höhepunkt des hiesigen Kabaretts, liefert einen Sketch nach dem anderen. Spitzenkräfte sind beim BZÖ zu finden, Anführer ist derzeit Herr Westenthaler, ehemals Hojac. Im TV-Duell mit dem sozialdemokratischen Gegner zauberte er einen Brief aus dem Hut, in dem ein Wiener Abgeordneter der SPÖ über die Ersetzung eines Gipfelkreuzes durch einen Halbmond philosophierte.

Ein klarer Beweis für die Islamisierung der Sozialdemokratie – und das nach der früheren Verjudung in der Zwischenkriegszeit!

Einen Tag später meldete sich eine Künstlergemeinschaft zu Wort, die den Brief geschrieben hatte. Herr Westenthaler und sein BZÖ bestanden darauf, dass der Brief echt ist. Erst nach weiteren Beweisen hielt man den Mund.

Allerdings hat Herr Westenthaler laut gut informierten Quellen noch einen Brief im Köcher: Darin steht zu lesen, dass die Grünen fordern, Inländer Rum müsse künftig Ausländer Rum heißen. Typisch für diese heimatlosen Gesellen. Und Gesellinnen.

Seltsamerweise fordert ein Tiroler BZÖ-Kandidat, dass Österreich sich der Türkei anpassen soll. Nein, er meint nicht, dass wir noch weniger Akademikerinnen und Akademiker ausbilden sollen (nur die Türkei liegt noch hinter uns), sondern es darf kein Brunnen türkisch klingen.

In Wörgl spendete nämlich ein türkischer Verein der Stadt einen solchen. Unerhört, befand der BZÖ-ler. Solange in der Türkei keine Kirchen gebaut werden dürfen, darf auch kein Brunnen von einem türkischen Verein spendiert werden.

Österreich soll also Türkei werden. Eine interessante Forderung des BZÖ!

12. September 2006

250

Wahlanalyse

Eigentlich wollte ich heute über Senilität schreiben, aber nach der wissenschaftlichen Analyse des ehemaligen Präsidenten des Nationalrates und nunmehrigen Seniorenvertreters Andreas Khol konzentriere ich mich auf ihn. Senilität und Khol passen nicht zueinander, das weiß jeder in Österreich. Spätestens seit seinen tiefschürfenden Gedanken zur Wahl. Noch selten wurde eine Wahlniederlage so treffend und in sich schlüssig kommentiert.

Wer ist schuld an der Niederlage der ÖVP? Bisher rätselten viele, einer meinte sogar, die Bildungsministerin habe die Partei mindestens zwei Prozentpunkte gekostet. Dabei ist in unseren Schulen alles in bester Ordnung, das hat Frau Gehrer selbst gesagt, und sie muss es schließlich wissen.

Nein, die Schuld trägt Josef Taus!

Nun werden sich viele fragen, wer dieser Taus ist, der eine Volkspartei in die Niederlage reitet. Kakanien sagt es Ihnen.

Josef Taus war einmal ein führender ÖVP-Politiker, der gegen Bruno Kreisky in den Ring trat. Dort verlor er durch technisches K.O. und wechselte irgendwann in die Privatwirtschaft. Genauer gesagt, blieb er bis 1991 Abgeordneter der ÖVP und „persönlich widmete er sich dem

Aufbau eines Konzernbetriebes", wie das in der Biographie der Wiener Zeitung genannt wird.

Dieser Mann hat den ehemaligen BAWAG-Direktor Elsner besucht und damit der ÖVP den Sieg vermasselt. Weil nämlich, und jetzt wird Andreas Khol nahezu psychoanalytisch, daraufhin die SPÖ-Wähler nicht zuhause blieben, sondern zur Wahlurne gingen und bei der SPÖ ihr Kreuzerl machten.

Das Ergebnis der Wahlen ist also ein Trotzverhalten der Wählerinnen und Wähler, verursacht durch Josef Taus!

Eine blendende Analyse! Josef Taus findet sie zwar „eigenartig und beinahe lächerlich" (Standard vom 28. Oktober), aber er ist ja erst seit 50 Jahren Mitglied der ÖVP und kennt sich daher dort noch nicht so gut aus.

Wenn man der Analyse folgt, liegt es auf der Hand, dass Andreas Khol am liebsten Neuwahlen hätte. Dann darf Josef Taus eine Zeitlang nicht seine Wohnung verlassen, Herr Elsner ihn nicht besuchen und die trotzigen SPÖ-Wähler wechseln logischerweise zur ÖVP. Oder so ähnlich.

Wer sonst, außer er, wird dann gewinnen – unser Kanzler Schüssel!

Auf einen neuen Wahlkampf. Dann ist der Sieg unser!

30. Oktober 2006

252

Wenn alle Menschen Frauen wären

Dann gäbe es vorgestern bereits eine österreichische Regierung.

So analytisch argumentiert eine Stadträtin der ÖVP in Wien und beweist, dass Politkabarett keine Männersache ist. Mann und Frau stellen sich also vor, dass Frau Rauch-Kallat, Frau Gehrer und Frau Haubner auf der einen Seite sitzen und auf der anderen Frau Dohnal, Frau Glawischnig und Frau Prammer.

Wer kann sich eine Koalition dieser Damen vorstellen?

Sie wäre so erfolgreich wie eine Koalition zwischen den Herren Bartenstein, Haider und Schüssel auf der einen Seite und den Herren Gusenbauer, van der Bellen und Cap auf der anderen.

Denn: Es trennt uns Menschen weniger das Geschlecht als vielmehr das Geld, liebe Frau Stadträtin. Und damit die Macht. Das sollten wir alle wissen, spätestens seit Jesus und Karl Marx. Jedenfalls nach einem Studium.

„Wozu haben wir dich denn studieren lassen?" fragte mein Vater, wenn ich gar zu dumme Behauptungen machte. Die Frage stellt sich heute bei fast allen Politikern. Und leider auch Politikerinnen.

14. November 2006

253

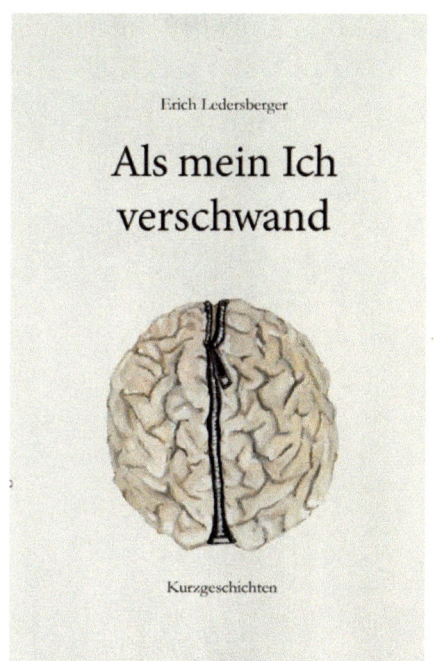

Erich Ledersberger

Als mein Ich verschwand

Kurzgeschichten

12 Kurzgeschichten, Rezension in der Wiener Zeitung:
Schonungslos ehrlich
Zwölf Kurzgeschichten über die meist unausgesprochene Seite des Ichs. Wenn Frau Schuster nach Jahren der lähmenden Müdigkeit den Tod ihres Mannes als Befreiungsakt einer neuen Jugend empfindet. Wenn Karin sich insgeheim ärgert, die glänzend schwarze Pistole des Vaters versteckt und dessen Mordpläne durchkreuzt zu haben. Dann …

Hardcover, 116 Seiten
ISBN-13: 9783744809887
erschienen 2017 bei BoD
€ 18,00

Erich Ledersberger

Ich bin so
VIELE

Kurzerzählungen

Neun gesammelte Kurzgeschichten erzählen in berührender und spannender Weise von dem, was man Leben nennt. Gnadenlos wird da zum Beispiel Gerlinde, die Checkerin, die als Marketing-Expertin jeden ihrer Kunden zu durchschauen glaubt, unvermittelt auf eine abgrundtiefe Fehleinschätzung gestoßen. Hartmut indes trinkt allzu oft zu viel Wein. Was er damit hinunterschwemmen möchte, ist ein Konvolut aus einst überengagierten Eltern.

Hardcover, 140 Seiten
ISBN-13: 9783735793805
erschienen 2014 bei BoD
€ 16,90

34 Haikus von Erich Ledersberger und
34 Radierungen von Ursula und Dietmar Tiefengraber.

Hardcover, 76 Seiten
ISBN-13: 9783744800983
erschienen 2019 bei BoD
€ 18,00

Maria ist Opfer, Maria lebt ihr Leben. Maria heiratet früh, denn nachdem sie beschlafen wurde, erwartet sie ein Kind.

Doch es ist vom falschen Mann. So leidet sie eine Existenz lang, bis, ja bis das Leben sie trifft.

Umgeworfen, doch noch nicht entmutigt, setzt sie sich ins Auto und fährt.

Der Süden ruft und erwartet wird Maria von einem Mann, einer Tochter und Venedig.

Hardcover, 104 Seiten
ISBN-13: 9783752689594
erschienen 2021 bei BoD
€ 18,00